www.blue-panther-books.de

Die Sexabenteuer der

Amy Morrison

Vom Mädchen zum Luder

Erotischer Roman

www.blue-panther-books.de

BLUE PANTHER BOOKS TASCHENBUCH
BAND 2161

1. AUFLAGE: OKTOBER 2009
2. AUFLAGE: DEZEMBER 2010

VOLLSTÄNDIGE TASCHENBUCHAUSGABE

ORIGINALAUSGABE

COVER: © AMANDA ROHDE @ ISTOCK.COM
UMSCHLAGGESTALTUNG: WWW.HEUBACH-MEDIA.DE
GESETZT IN DER TRAJAN PRO UND ADOBE GARAMOND PRO

PRINTED IN GERMANY
ISBN 978-3-940505-51-4

WWW.BLUE-PANTHER-BOOKS.DE

INHALT

Mit dem Gutschein-Code

AM1TBHJQP

erhalten Sie auf

www.blue-panther-books.de

diese exklusive Zusatzgeschichte als PDF.
Registrieren Sie sich einfach online
oder schicken Sie uns die beiliegende
Postkarte ausgefüllt zurück!

PROLOG

Ich stand im Licht des vollen Mondes vor seiner Tür und klopfte. Meine Finger zitterten und meine Muschi war nass vor freudiger Aufregung ... einer Aufregung, die mich schon die ganze Fahrt hierher begleitet hatte ... die mich abwechselnd lächeln ließ und zweifeln, ob ich wirklich das Richtige tat.

Doch die Zweifel verschwanden, als die Tür sich öffnete und er, den ich im Internet kennengelernt hatte und an jenem Abend zum ersten Mal in der Wirklichkeit traf, vor mir stand: *Silverwolf*.

Ein Name, der passte ... besonders in dieser Vollmondnacht.

Ich fühlte die Kraft und den Hunger, die beide so klar von diesem fremden Mann ausgingen ... von seiner trotz leichtem Übergewicht athletischen Haltung, seinem tiefen, eindringlichen Blick, mit dem er mehr musterte, als nur meinen Körper. Ich badete genussvoll erregt in dem Bewusstsein, einzig und allein hierhergekommen zu sein, um Spielzeug seiner zügellosen Lust und seiner hungrigen Gier zu werden ... seine hingebungsvolle Dienerin und Hure zu sein ... seine sündige, immer geile Gespielin.

Er erkannte ganz klar die Nervosität in meinem Blick und er lächelte ... weil er wusste, dass diese Nervosität nur flüchtige Vorbotin war ... Vorbotin meiner tiefen Erregung, die kleine, ängstliche Schwester meiner animalischen Geilheit, meiner ehrlichen Lust, für heute Nacht seine willige Beute zu sein.

Ohne mich zu berühren, öffnete er die Tür ein Stück weiter.

»Tritt ein und sei mein Gast, *sweet_princess* ... sei es freiwillig und ungezwungen!« Seine tiefe Stimme drang in mich ein, wie ein harter, warmer Schwanz.

Der Einladung zu folgen, war meine letzte freie Entscheidung ... die Einladung selbst, die letzten gesprochenen Worte.

Heute war nicht die Nacht zum Reden, auch nicht die Nacht für freundlich zärtliche Umarmungen oder einen süßen, sachten Kuss zur Begrüßung. Ich wusste das, als ich sein Gesicht nun deutlicher sah und die brennend gelassene Gier in seinem Blick.

Noch immer nervös am Leib und auch im Inneren bebend, betrat ich sein Haus. Er stand nur da, schaute mich an und wartete. Es war, als könnte ich mich selbst mit seinen Augen sehen: mittelgroß, schlank, langes, braunes, seidiges Haar, das mir weit über die Schultern hinab in den schmalen Rücken fiel, nette Figur, runde Brüste und kleiner fester Arsch. Sein Mustern war wohlgefällig, und er nickte. Und wartete.

Ich erkannte von ganz allein, was ich zu tun hatte ... mich anzubieten, war ich hier – Sklavin seiner Lust. Er lächelte wieder, als er merkte, dass ich verstand, worum es hier ging und mit plötzlich ernst erregtem und gesenktem Blick begann, mich vor ihm, für ihn, auszuziehen.

Er konnte sehen, wie die Spitzen meiner schlanken Finger leicht zitterten, während ich den weichen Stoff meines Kleides von meinen Schultern, meiner warmen, samtigen Haut streifte, mit unsicherem Griff nach hinten den BH öffnete und aus dem String schlüpfte, bis ich schließlich nackt vor ihm stand und er den zarten Duft der Frau mit leise zitterten Nasenflügeln witterte ... den Duft, der die Bestie tief in ihm – ich konnte es ganz deutlich fühlen, ja fast hören – laut vor Freude über die erfolgreiche Jagd aufbrüllen ließ.

So nackt, so wehrlos vor ihm stehend, schrie alles in mir danach, jetzt berührt und in seine Arme gezogen zu werden ... mich an ihn zu schmiegen und von ihm beschützt zu werden ... erst beschützt und dann genommen. Doch auch wenn er diese stummen Schreie hörte und ich mir dessen völlig bewusst war, wusste ich doch, dass dies heute Nacht nicht geschehen würde.

Ich hob schüchtern den Blick ... meine eigenen Nasenflügel bebten nun vor Scham und Erregung ... meine Wangen glühten und meine Augen waren überzogen mit diesem ganz besonderen Glanz, wie ihn nur die pure Lust zu zeichnen vermag.

Langsam, ganz langsam, sank ich auf die Knie herab ... mein Gesicht hob sich zu seinem ... schaute von unten zu ihm herauf ... mein vor Erregung leicht zitternder Mund öffnete sich wie von selbst.

Es wäre so leicht für ihn gewesen, mich einfach nur zu nehmen und mich zu benutzen ... er hatte zweifelsohne die Kraft dazu. Es wäre zugleich so schön für mich gewesen, mich jetzt fallen lassen zu können und nichts mehr aktiv tun zu müssen, nur von ihm gepackt und in die Knie gezwungen zu werden.

Es aber freiwillig zu tun, war so viel schwerer. Aber ich wusste, dass er von seiner kleinen, süßen, willigen und sündigen Dienerin ein Geschenk erwartete.

Er musste mich nicht erst anfassen, damit ich seinem Willen Untertanin wurde. Sein Blick war seine Fessel ... sein stummer Befehl das lederne Geschirr, das mich lenkte und führte.

Meine Brüste, straff und straffer werdend vor Erregung, hoben und senkten sich im schneller werdenden Rhythmus meines Atems, und meine Finger zitterten noch immer, als ich damit begann, seine Hose zu öffnen.

Nun konnte ich, so wie er den Duft der Frau witterte, das Aroma des Mannes vor mir atmen ... und für einen kurzen Moment erfasste und umspülte mich ein Rausch, der mich genießerisch die Augen schließen und Wasser in meinen trocken gewordenen Mund schießen ließ. Ein Rausch, der über meine Wangen jagte ... und meinen Nacken ... der meinen Rücken herabfloss und meinen Bauch im Inneren zucken ließ ... der sich zwischen meinen Schenkeln sammelte, wo es zu glühen und zu brennen begann ... der zurück nach oben in meine Brustspitzen schoss ... von innen mitten hinein in meine harten Nippel ... die sich jetzt viel zu klein anfühlten für so viel geile Lust.

Meine Finger in seiner Hose ... sein warmes Fleisch in meiner Hand ... mein Blick senkte sich und erkannte mein Schicksal ... ich begrüßte es freudig mit dem Lächeln meiner ausgetrockneten Lippen, die sich jetzt nur zu gern öffneten ... weit öffneten. Meine Zungenspitze tupfte nach vorn ... fragte schüchtern um Erlaubnis, spielen zu dürfen. Das pochende Fleisch, sein Schwanz, erteilte diese Erlaubnis aufnickend ... und mit immer schneller schlagendem Herzen begann ich, Spucke zu sammeln und sie zusammen mit meiner Erregung über die straff gespannte Haut zu verteilen.

Meine erste feuchte Opfergabe.

Immer weiter öffneten sich meine Lippen, um seinen Schwanz zu empfangen ... zu umschließen ... zu schmecken, versonnen zu lutschen ... hungrig zu saugen.

Was einmal da war an Kontrolle und Verstand, hatte sich längst fortgestohlen. Für wenige Augenblicke wurde aus mir, der willigen Beute, die gierige Jägerin ... die Beute nun zwischen meinen Zähnen – tief in meinem schlingenden Mund. Mein Atem begann zu rasen ... leise Zuckungen im eigenen süßen

Fleisch zwischen meinen Schenkeln ... Hitze in meinen Wangen und der Stirn ... angespannter Nacken ... weit aufgesperrter Kiefer ... herausgestreckte, gierig leckende Zunge ... tiefer ... süßes Röcheln ... meine scharfen Fingernägel in seinem Bauch, seinem Schenkel ... Seine Hand packte plötzlich fest zu ... in mein Haar ... begann jetzt, den Takt zu diktieren ... sein Schwanz fickte meinen Mund und meine Kehle.

Immer mehr drang von meinem eigenen Duft durch den Raum ... ich konnte mich selbst, vorbei am köstlichen Aroma seines Schwanzes, deutlich riechen – meine Nässe, meine Geilheit. Mein Duft fütterte die Bestie, die breitbeinig vor mir stand und in meinen Kopf, meinen Schlund hineinfickte. Sie brüllte wild und röhrend vor Erregung auf. Meine eigene Spucke floss mir die Mundwinkel herab ... zwischen meinen Schenkeln wurde es immer nasser ... ich lutschte ihn und machte mich selbst damit immer mehr bereit ... erstickte fast an seinem Fleisch und meiner eigenen rauschenden Gier ... wusste nicht genau, ob ich den Moment, auf den ich so sehnsüchtig gewartet hatte, begrüßen sollte, oder lieber ewig hier knien und ihn mit meinen inzwischen feuchten Lippen hart und härter ficken sollte.

Doch nicht ich entschied.

Seine Hand in meinem Haar hob meinen Kopf und zog mich nach oben. Mit hochrotem Gesicht erblickte ich die Wildheit seiner Lust ... einer Lust, die ich selbst geschürt hatte. Durch mich und meine Hingabe, durch den willigen Dienst meiner Lippen und meiner Zunge war es Lust auf mich, nicht irgendeine Lust auf irgendeine Frau. *Ich* war es, die dieser fremde Mann heute Nacht nehmen würde.

Er drehte mich herum und beugte mich über einen großen runden Tisch ... meine Bereitschaft musste er nicht mehr prüfen. Seine starke Hand in meinem schmalen Nacken zwang mein Gesicht auf das kühle Holz hinab, auf das nun auch meine brennenden Brüste gedrückt wurden ... seine tierische Kraft hinter mir ... hartes Fleisch spießte sich drängend und stopfend in weiches, nasses, enges hinein ... ich schrie auf, der Wolf bestieg mich, trieb seinen Schwanz mit festen, harten Stößen in mich hinein – nicht meine, sondern einzig seine eigene Lust vor Augen – nur seinen Willen im Sinn, sich später tief und kräftig in mir leerzuspritzen.

Eindringliche, kraftvolle Stöße ... starke Finger in meinem Nacken ... an meinem Arsch ... hielten mich gepackt ... fickten mich ...

In mir explodierte etwas ...

... noch einmal schrie ich auf ...

... meine Fingernägel krallten sich in das Holz, auf das meine Wange und meine Nippel gepresst waren, während er mich nahm ...

... und nahm ... und nahm.

Ich kam ...

... und wie ich kam ...

... heftig und gern!

Doch es spielte keine Rolle für ihn, dass ich kam, denn er fickte mich einfach weiter ... fickte mich immer, immer weiter ...

Und die Nacht hatte gerade erst begonnen.

1. SchlafLos

Einige Monate zuvor: Flo lag schlafend neben mir im Bett, während im Nachbarzimmer der Freund meiner Schwester ihr die Seele aus dem Leib poppte. Sie stöhnte und schrie jetzt schon seit über einer Stunde unter seinen gierigen Attacken, die das Bett so laut zum Ächzen und Poltern brachten, dass ich es sogar bis hierher in unser Zimmer hören konnte.

Mir war es feucht und warm zwischen den Beinen, meine Brüste kribbelten und mein Herz wummerte, so sehr erregte mich das.

Aber Flo schlief.

Das ging jetzt schon seit fast zwei Wochen so.

Meine Schwester, ihr Freund, Flo und ich hatten von meinen Eltern für unseren gemeinsamen Urlaub hier auf der Isle of Man ein kleines Ferienhäuschen gemietet bekommen. Wir verbrachten viel Zeit mit Ausflügen zum Strand und Baden im Meer, mit tagsüber in Cafés herumzusitzen und abends Spiele zu spielen. Die meiste Zeit aber waren meine Schwester und ihr Freund am Poppen ... morgens vor dem Aufstehen ... mittags irgendwo am Meer zwischen den Felsen ... und die halbe Nacht durch im Zimmer.

Sex mit Flo dauerte immer nur fünf Minuten. Normalerweise genügte mir das. Nicht aber, wenn meine Schwester und ihr

Freund im Nachbarzimmer zu olympischen Höchstleistungen aufliefen. Dann ließ es mich unzulänglich vorkommen und unbegehrt. Und mein Appetit auf Sex, der sich durch die vergangenen vier Jahre mit Flo nicht gerade zu einem reißenden Hunger entwickelt hatte, war so sehr viel größer, als zu Hause in Liverpool.

Ich war einundzwanzig, Flo zwei Jahre älter, und ich hatte mich damit abgefunden, dass unser Sexleben kein besonderes war; dafür war unsere Beziehung schön. Flo war die perfekte Mischung aus Party- und Cliquenmensch auf der einen und fleißigem Student mit klarer Vorstellung von unserer gemeinsamen Zukunft auf der anderen Seite. Er war witzig, konnte mich zum Lachen bringen wie kein anderer, ging mit mir in Clubs und auf Partys, wo er hin und wieder auch als DJ auflegte, und hatte eine Menge cooler Freunde. Darüber hinaus mochten ihn meine Eltern, und seine Eltern mochten mich; wir unternahmen viel miteinander.

Der Freund meiner Schwester dagegen, wenn man ihn überhaupt als ›Freund‹ bezeichnen konnte, weil beide erst seit zwei Monaten miteinander gingen, war ein wortkarger, wenig unterhaltsamer Typ und sah nicht halb so gut aus wie Flo.

Aber er poppte wie ein Weltmeister – soweit ich das den hemmungslosen Lustschreien meiner Schwester nach beurteilen konnte.

Sie war das Luder von uns zweien, ich war die Brave, das liebe Mädchen von nebenan. Und die meiste Zeit war ich mächtig stolz darauf, dass es so war.

Ich studierte Psychologie im vierten Semester.

Sie kellnerte, nachdem sie erst das Sport- und dann das BWL-Studium abgebrochen hatte.

Ich war groß und schlank, meine Brüste groß und schön.

Sie klein und ein bisschen pummelig.

Ich war hellwach und rollig.

Sie war hellwach und rollig – aber *sie* wurde gepoppt!

Flo schlief.

Ich schlug seine Decke zur Seite und betrachtete ihn. Er trug, wie immer, Unterwäsche im Bett. Weißes T-Shirt und blaugraue Boxershorts. Wenn er wach gewesen wäre, hätte ich mich niemals getraut, so direkt zwischen seine Beine zu starren. Aber wenn er schlief, betrachtete ich ihn gern ausgiebig. Die Shorts waren gut gefüllt. Darauf war ich stolz, auch wenn ich nicht wirklich Vergleichsmöglichkeiten besaß. Aber meine Schwester hatte ihn mal beim Duschen gesehen und mir danach grinsend zu meinem Glück gratuliert.

»Jaa!«, hörte ich sie durch die Wand hindurch schreien. »Härter! Ja! Ja!«

Meine Schwester war, wie Flo, zwei Jahre älter als ich und hatte seit ihrem fünfzehnten Lebensjahr so viele Jungs und Kerle gehabt, dass sie wohl beurteilen konnte, ob ein Mann gut bestückt war oder nicht.

Und Flo war gut bestückt.

Aber Flo schlief.

Mein Herz schlug schnell und flatternd. Ich merkte, wie meine Finger zitterten und ich mir nervös auf der Unterlippe herumbiss. Warum sollte ich ihn nicht einfach wecken und ihn dazu verführen, mit mir zu schlafen?

»Gib – ihn – mir!«, stöhnte meine Schwester im Takt ihres knarrenden Bettes.

Gib ihn mir!, dachte ich, während ich zwischen Flos Beine starrte.

Nimm ihn dir doch einfach!, sagte eine innere Stimme in mir. Ich kannte diese Stimme. Sie meldete sich nur selten, und dann meistens mit irgendwelchen Ideen, die umzusetzen ich zu feige war.

Ihr seid jetzt schon seit vier Jahren zusammen, sagte sie, *wieso solltest du dich da nicht trauen dürfen, ganz einfach in seine Shorts zu greifen und ihn zu streicheln? Zu streicheln, bis er schön hart ist und du dich draufspießen kannst, um ihn zu reiten, bis du genau so laut stöhnst und schreist, wie deine Schwester?*

Weil ich nie stöhne oder schreie, antwortete ich stumm.

Aber du würdest gern, sagte die Stimme.

Halt die Klappe!, sagte ich.

Nimm ihn doch einfach in die Hand!, beharrte sie verführerisch lockend. *Warmes hartes Fleisch, dazu gemacht, dir Lust zu schenken!*

Ich hab gesagt, du sollst die Klappe halten, Miststück!, fluchte ich.

Ich streckte die Hand aus. Ganz langsam.

»Jaa!«, schrie meine Schwester im Nebenzimmer. »Oh mein Gott! Ja!«

Ich griff zu. Ganz leicht nur.

Flo zuckte im Schlaf. Erschrocken zog ich die Hand wieder zurück.

Feigling!, rief die Stimme.

»Tu es, Babe!«, rief meine Schwester. »Fester!«

Ich griff noch einmal zu. Fester. Starrte gebannt auf meine Hand auf Flos Shorts.

»Was machst du denn da, Amy?«, fragte Flo schläfrig grummelnd, sah mich mit kaum geöffneten Augen irritiert an und nahm meine Hand von seinen Shorts weg. »Du weißt doch, dass wir morgen früh raus müssen.« Er drehte sich zur anderen Seite um. »Die Fahrradtour.« Und damit war er auch schon wieder eingeschlafen.

Ach ja, die Fahrradtour! Wie hatte ich die nur vergessen

können?! Wir wollten ja morgen früh schon um sieben zum Fahrradverleih und eine Tour über die Insel machen. Dafür mussten wir natürlich ausgeschlafen sein. Wie dumm von mir!

Ich merkte, dass ich rot geworden war. Es war mir verdammt peinlich, von Flo dabei erwischt worden zu sein, wie ich sein bestes Stück streicheln wollte.

Ich hab doch gleich gesagt, das ist eine Scheiß-Idee, du dumme Kuh!, giftete ich meine innere Stimme an.

Doch die schwieg.

»Ich komme!«, brüllte meine Schwester.

»Geh zum Teufel!«, flüsterte ich und hoffte, dass jetzt gleich Ruhe sein würde im Nachbarzimmer – und zwischen meinen Beinen!

Es war eine vergebliche Hoffnung! Keine drei Minuten später waren die zwei schon wieder zugange.

Ich kletterte aus dem Bett und lief in die Küche, um mir etwas zu trinken zu holen. Dann ging ich ins Wohnzimmer und schaltete den Fernseher ein. Vielleicht würde mich das ablenken.

Ich zappte eine Weile zwischen langweiligen Talk- und Court-Show-Wiederholungen hin und her und blieb schließlich bei einer nicht sehr viel weniger langweiligen Casting-Show hängen. Irgendwelche Verrückte, denen offensichtlich gar nichts peinlich oder heilig war, versuchten sich krächzend daran, Songs aus den Charts nachzugrölen.

Dann kam die Werbung, wie üblich um diese Zeit nur Spots für Sex- und Dating-Hotlines. Die Sex-Hotlines versprachen Profifrauen. Bei den Dating-Hotlines war es anders. Hier konnten Männer für ein Schweinegeld mit Frauen telefonieren, für die die Anrufe kostenlos waren. Telefon-Prostitution auf die ganz billige Masche, bei der die Frauen noch nicht einmal etwas daran verdienten. Ganz schön blöd!

Ich konnte mir beim besten Willen nicht vorstellen, wie so etwas, wie Telefonsex, überhaupt funktionieren sollte. Und dann noch mit irgendeinem Wildfremden.

Das Telefon stand neben mir.

Und ich war noch immer rollig.

Probier's doch mal! – wieder meine innere Stimme. *Kostet dich keinen Penny.*

Flo schlief.

Meine Schwester stöhnte. Das Bett knarrte.

Mein Kätzchen juckte.

Ich nahm den Hörer, völlig sicher, dass auch das wieder in die Hose gehen würde, und wählte die erstbeste für »Girls« kostenfreie Nummer, die auf den Bildschirm flimmerte.

Eine elektronische Stimme empfing mich und bat, meinen Namen einzusprechen und in einem Satz zu sagen, was ich denn suchte. Ich legte auf.

Meinen Namen wusste ich, aber was suchte ich?

SEX!, meinte meine innere Stimme zynisch. *Dumme Frage!*

Das kann ich doch nicht so einfach sagen!, erwiderte ich entrüstet. *Außerdem suche ich überhaupt keinen Sex!*

Nein? Was denn dann? Kochrezepte?, lachte die innere Stimme spöttisch. *Na komm! Was soll schon passieren? Es kennt dich doch niemand!*

Ich nahm den Hörer wieder auf und drückte die Wahlwiederholung.

Die elektronische Stimme begrüßte mich noch einmal und bat mich erneut, meinen Namen in das System einzusprechen und das, was ich suchte.

»Amy!«, sagte ich, und ich merkte, dass meine Stimme zittrig und brüchig klang. »Ich suche Sex!« Das letzte hatte ich fast geflüstert, aus Angst, Flo oder meine Schwester konnten mich hören, obwohl die beiden Zimmer am anderen Ende des kleinen Häuschens lagen.

Gut gemacht!, sagten innere und elektronische Stimme gleichzeitig, und letztere wies mich an, wie ich in das sogenannte Date-Karussell kommen würde, um mir dort die Vorstellungen der Männer anzuhören, die gerade in der Leitung waren. Daraus konnte ich dann einen anwählen, um live mit ihm zu sprechen, und umgekehrt würden die Männer meine Vorstellung hören und mich direkt anwählen können. Nachdem die elektronische Zuhälterin mich dann noch darüber aufgeklärt hatte, dass ich mit der »Raute«-Taste des Telefons unwillkommen eingehende Anrufe blocken oder laufende Telefonate beenden konnte, wenn sie mir unangenehm wurden, führte sie mich in das Karussell.

»Hi, ich bin Tim. Ich besorg's dir hart!«

Ich zuckte zusammen – »Raute«-Taste – weiter!

»Hallo, hier ist Michael. Möchtest du meinen Saft trinken?«

PFUI SPINNE! Meine innere Stimme und ich waren uns das erste Mal in dieser Nacht einig – »Raute«-Taste – weiter!

Mein Kätzchen juckte jetzt deutlich weniger. Ich war frustriert.

»Nico hier. Hast du Lust?« Das klang schon viel weniger aufdringlich. Ich drückte auf die »Stern«-Taste, um den Anruf anzunehmen.

Stille am anderen Ende der Leitung.

»Hallo?«, fragte ich in das Schweigen hinein.

»Hallo«, antwortete eine belegte, schwer atmende Stimme.

Ich wartete.

»Bist du nackt?«, fragte Nico.

»Nein«, antwortete ich wahrheitsgemäß und runzelte die Stirn.

»Dann zieh dich aus. Ich hab meinen harten Schwanz schon in der Hand.«

Und Tschüss! – »Raute«-Taste!

Einen Versuch noch. Dann lege ich endgültig auf!, informierte ich meine innere Stimme. Was ich bis jetzt gehört hatte, törnte eher ab als an.

»Hi, hier ist Arnie. Lass dich von mir verwöhnen!« Das klang doch schon besser. Und auch die Stimme war sehr angenehm. Ich bestätigte mit »Stern«.

»Ja, hallo?«, fragte ich unsicher.

»Hallo, Amy. Schön, dass du meinen Anruf entgegennimmst.« Seine Stimme klang jetzt noch besser, als in dem Ansagetext. »Bist du öfter hier?«

»Nein«, gab ich zu. »Heute zum ersten Mal.« Die Anonymität des Systems machte es mir leicht, ehrlich zu sein.

»Unberührt, sozusagen.« Ich konnte hören, dass er lächelte, und ich lächelte zurück.

»Im wahrsten Sinne des Wortes«, antwortete ich.

»Jungfrau?« Jetzt klang er erstaunt.

Ich lachte auf.

»Nein. Nur unberührt«, korrigierte ich. »Zumindest heute Nacht.«

»Das hab ich in deiner Vorstellung gehört.« Er lächelte. »Lass uns das ändern!«, lud er mich mit samtiger und völlig ruhiger Stimme ein, und ich wurde erneut rot. Meine Kehle war trocken, aber mein Kätzchen juckte schon wieder ein bisschen mehr.

»Ich hab keine Ahnung wie.«

»Du suchst Sex, und ich werde ihn dir schenken«, versprach er. Aus seinem Mund klang das ganz einfach. »Vertrau mir!«

»Okay«, antwortete ich, obwohl ich sehr skeptisch war.

»Schließ zu allererst die Augen!«, bat er mich.

Ich tat es.

»Ich möchte, dass du weißt, wie ich aussehe«, begann er. »Ich bin eins neunzig groß, habe schwarze Haare und blaue Augen ...«

»Eine ungewöhnliche Kombination«, unterbrach ich ihn mit leiser Stimme.

»Ja. Ziemlich«, gab er zu. »Aber steht mir nicht schlecht. Möchtest du mehr wissen?«

»Ja.«

»Ich bin kein Bodybuilder, aber schon ganz nett trainiert; definierte Schultern, relativ flacher Bauch ... könnte ein bisschen flacher sein.«

Ich lachte. Er lachte mit.

»Tja, zu viel Schokolade. Ich bekenne mich schuldig.«

»Ich liebe Schokolade, kann dich also nur allzu gut verstehen«, schmunzelte ich.

»Magst du mir erzählen, wie du aussiehst?«, fragte er.

»Hm. Schwer. Frag einfach was.«

»Haare?«

»Braun. Im Winter ziemlich dunkel, im Sommer heller. Bis weit über die Schulterblätter. Glatt.«

»Augen?«

»Grün. Mein Freund sagt smaragdgrün.«

»Du hast einen Freund?«

»Stört dich das?«

»Nein.« Wieder konnte ich hören, wie er lächelte, und ich fühlte mich ein kleines bisschen wie ein Luder. Aber genau das wollte ich im Moment ja auch sein. Wenigstens ein bisschen so luderhaft wie meine Schwester.

»Figur?«

»Normal.«

Er lachte auf. »Wieso nur sagen das alle Frauen?«, wollte er amüsiert wissen. »Was bitte ist denn normal?«

»Normal halt.«

»Größe?«

»Eins vierundsiebzig.«

»Gewicht?«

»Sehr direkt, junger Mann!«, scherzte ich. Meine Augen waren noch immer geschlossen, und ich legte mich ein bisschen bequemer auf dem Sofa nach hinten.

»So jung bin ich nicht mehr«, sagte er. »Neunundzwanzig. Und du?«

»Einundzwanzig.«

»Also?«

»Also was?«

»Dein Gewicht.«

»Dreiundfünfzig.« Ich unterschlug zwei Kilo.

»Körbchengröße?«

»Aber hallo!«, protestierte ich. Hab ich etwa danach gefragt, wie groß dein ... dein ... na, dein bestes Stück ist?!«

»Frag.«

»Was?«

»Frag einfach, wie groß mein ... äh ... bestes Stück ist«, schmunzelte er.

»80 – C ... manchmal D«, lenkte ich ab.

»Yammi!«, machte er begeistert. »Das ist schön groß.«

»Stimmt!«, bestätigte ich. »Und sie sind schön fest.« Meine Wangen glühten zwar vor Scham, aber gleichzeitig machte es mir auch Spaß, ihn beeindruckt zu haben.

»Empfindlich?«

»Ooh jaah!«, war es mir herausgerutscht, ehe mir klar wurde, was ich da gerade gesagt hatte.

»Fass sie an für mich!«, bat er.

Ich schwieg.

»Natürlich nur, wenn du möchtest«, sagte er einfühlsam »Fass sie ganz zärtlich an. Nur mit den Fingerspitzen.«

Ich tat es. Zögerlich und ein bisschen nervös. Aber ich tat es. Legte die Fingerspitzen meiner freien Hand auf meine rechte Brust. Es kribbelte.

»Stell dir Folgendes vor«, begann er dann. Er fragte gar nicht, ob ich auch tat, worum er mich gebeten hatte, und dafür war ich ihm dankbar. Es war schön, mich zu berühren. Ich fing an, meine Brustspitze ein wenig zu streicheln, aber zugeben hätte ich es nicht.

»Südsee. Ein Strand bei Sonnenuntergang. Tief hängende rote Wolken. Nur du und ich. Hand in Hand im warmen Sand spazierend. Das leise rauschende Meer zu unserer Linken. Keine Menschenseele zu sehen.«

Ich merkte, dass ich lächelte. Das Bild, das er malte, gefiel mir.

»Zärtlich warmer Wind in deinem Haar, deinem Gesicht«, fuhr er fort, und seine Stimme klang dabei ganz ruhig und trotzdem eindringlich – fast wie hypnotisierend. Oder war es der kleine Rausch, der gerade unter meinen kreisenden Fingerspitzen in meiner rechten Brust entstand, der mich in seinen Bann schlug?

»Dein leichtes, kurzes Kleid an deinen darunter nackten Körper schmiegend. Die Luft riecht nach Salz und exotischen Blüten, die im vergehenden Licht gerade ihre Blätter schließen, um sich zur Nachtruhe zu begeben. Aber noch kannst du sie ganz deutlich riechen. Wir bleiben stehen und schauen einander an. Du lächelst.«

Ich lächelte.

»Ganz sanft ziehe ich dich zu mir, lege meine Hände an deine Hüften, streichle dich mit meinen Fingern. Immer näher kommen wir uns. Die Spitzen deiner Brüste berühren meinen Bauch.«

Ich seufzte leise und schob meine Hand jetzt unter das Nachthemd, um meine Brust nackt anzufassen. Ein schönes Gefühl, mit seiner leicht dunklen Stimme im Ohr.

»Mein Mund legt sich warm auf deine Lippen, und ich fasse dir in den Nacken, um dich zu küssen. Sanft zuerst und ganz zärtlich. Leicht verspielt. Aber allmählich immer leidenschaftlicher. Du drängst dich an mich.«

Meine Hand presste meine Brust jetzt ein bisschen fester. Es tat gut. Ich seufzte leise. Aber Arnie hörte es trotzdem, dessen war ich mir sicher.

»Behutsam fasse ich nach deiner Brust, drücke sie ein wenig zwischen meinen starken Fingern.«

Meine Brustspitze war jetzt ganz hart geworden.

»Höre dabei nicht auf, dich zu küssen, deinen Atem zu trinken und mich an dich zu schmiegen, bis du mich am ganzen Körper fühlen kannst. Meine Wärme, meine Kraft, meine Erregung.«

Mein Kätzchen zuckte bei der Vorstellung, von dem muskulösen Schenkel eines Mannes berührt zu werden.

»Meine andere Hand greift unter dein Kleid.«

»Du bist schnell«, flüsterte ich heiser, und es sollte protestierend klingen.

»Ich bin hungrig.« Sein Lächeln war so heiser, wie mein Flüstern. Es machte mich an.

»Weiter«, bat ich.

»Wind in deinem langen Haar ... exotisch süßer Duft in deiner Nase ... mein Mund auf deinen hungrigen Lippen ... eine meiner Hände mit deinen Brüsten spielend ... sie streichelnd und fassend ... die andere Hand zwischen deine Schenkel wandernd ... dorthin wo es glüht! Fass dich an!«

Ich wusste sofort, was er meinte und ließ ab von meiner kribbelnden Brust, schickte meine Finger unter den Gummibund meines Slips.

»Ich kann deine Wärme fühlen und dein Verlangen ... deine einladende Feuchtigkeit. Meine Finger teilen dein weiches Fleisch ... streicheln dich sacht ...«

Ich tat, was in der Szenerie, von der Arnie sprach, seine Finger taten und seufzte wieder. Ich fühlte mich wohl.

»... tauchen in dich ... einer nach dem anderen ... wie um deine Lust zu prüfen ... dabei nicht einen Moment meine Lippen von den deinen lassend ... unsere Zungen in zärtlichem Spiel.«

Ich leckte meine Lippen und schob meinen Mittelfinger in mich. Hitze schoss mir in die Wangen.

»Ich ziehe dich mit mir zusammen hinab in die Knie ... weich fließender, warmer Sand ... du legst dich hin ... meine Küsse streicheln deinen schlanken Hals ... durch den Stoff hindurch deine runden Brüste ... die Hand noch immer zwischen deinen Schenkeln ... dort zärtlich spielend.«

Ich biss mir auf die Zunge, um nicht aus Versehen laut zu werden, als ich mit meinen Fingernägeln außen an meinem Kätzchen entlangfuhr und dann den Finger wieder in mich steckte. Ich war feucht ... sehr feucht.

»Unter Hunderten von Küssen und kleinen Bissen, begleitet von meinen streichelnden, packenden Händen, wandere ich nach unten ... zwischen deine Beine, die du für mich auseinanderlegst.«

Ich spreizte sie.

»Ich schiebe den Stoff deines Kleides, geleitet von meinen

Fingern, die dich leicht kitzeln, an deinen Schenkeln nach oben ... über deine Hüften hinweg ... deinen Bauch ... fühl die zärtlichen Küsse unter deinem jetzt nackten Nabel ... die Liebkosung meiner Finger und Lippen miteinander auf deiner Haut verschmelzend ... dich berauschend ... Küsse zwischen deinen Beinen. Wie nennst du deine Muschi?«

»Kätzchen«, hauchte ich schüchtern.

»Meine Zunge streichelt dein süßes Kätzchen.«

Ich zitterte vor Lust.

»Ja!«, schrie meine Schwester aus dem Schlafzimmer.

»Ich lecke über deine Haut ...«

Es rieselte in meinem Schoß.

»... betaste und betupfe mit meinen Fingerspitzen und meiner Zunge dein köstliches, warmes Fleisch ...«

Mein Becken zuckte.

»Ja!«, schrie meine Schwester.

»Ja«, flüsterte ich.

»Mein Spiel findet deinen kleinen Knopf ...«

Meine Finger fanden ihn auch.

»... ich lecke ihn in kleinen, festen Kreisen ... während mein Finger in dich kriecht und langsam in dir hin- und hergleitet ...«

Ja, dachte ich. *Genau so!*

»Dann endlich komme ich zu dir hoch ... dabei wieder deinen Bauch, deine Brüste küssend ... deine Schultern ... deinen Hals und deine wundervoll weichen Lippen, die sich öffnen, um an meiner Zunge zu saugen.«

JA! JA! JA!, schrie ich im Inneren vor Lust auf und presste einen zweiten Finger in mich hinein.

»Hast du einen Dildo da?«, fragte er.

»Was?!« Für einen Moment war ich irritiert.

»Oder einen Vibrator?«

»Ich hab so etwas nicht«, verneinte ich, ohne dabei jedoch mit dem Spiel meiner Finger in mir aufzuhören.

»Haben doch die meisten Frauen!« Er war hörbar erstaunt. Ich wusste, dass meine Schwester welche hatte, einen Gummidildo und einen kleinen Vibrator. Ich hatte sie bisher deswegen noch mehr für ein Luder gehalten. Aber wenn sie jetzt nicht in ihrem Zimmer gewesen wäre, hätte ich ihr Spielzeug glatt geholt, so sehr hatte mich Arnies verwöhnende Stimme im Griff.

»Macht nichts«, tat er ab. »Nimm deine Finger.«

»Tu ich schon«, hauchte ich.

»Du lernst schnell«, lächelte er. »Ich lege mich auf dich in den warmen Sand ... genau zwischen deine Schenkel ... spüre mein warmes, hartes Fleisch ... wie es dich berührt ... sich an dir reibt ... auf und ab ... den Eingang sucht in dein Paradies ... ihn findet ... sich langsam, ganz langsam in dich hineinschiebt.«

»JA!«, schrie meine Schwester auf. Sie war schon wieder kurz vor dem Kommen.

So wie ich.

»Fühl mein Gewicht ... meine Küsse ... meine Hände auf deinen Brüsten ... mein hartes bestes Stück ... wie es in dich taucht ... dich ausfüllt ...«

Ich steckte einen dritten Finger dazu, zog dabei wie von selbst die Beine nach oben und weit auseinander.

»Mit festen Stößen dringe ich in dich ein ...«

Ich stieß fester zu, keuchte unter dicht zusammengepressten Lippen.

»Feste – tiefe – Stöße ... zwischen – deinen – Schenkeln ... mitten – in – dein – feuchtes – brennendes – vor Lust – klopfendes – Kätzchen!«

Mit dem Takt seiner Stimme dirigierte er meine Finger. Meine Erregung wurde mit jedem tiefen Stoß mehr und mehr zum Rausch, wie auch Arnie hörbar erregt war. Ich stellte mir vor, wie er gerade sein Glied in genau demselben Takt rieb. Auf und ab. Auf und ab. Tiefe, feste Stöße zwischen meine Schenkel. Tief, fest.

Mein Becken zuckte, und in meinem Unterleib verkrampfte sich alles vor Lust und Erregung. Ich gab mir meine Finger hart und gierig ... traf dabei immer wieder mit dem Daumen gegen meinen Kitzler.

»Deine – Beine – schlingen – sich – um – meine – hart – gegen – dich – stoßenden – Hüften ... dein – Kätzchen – saugt – und – lutscht – an – mir ... meinem – steifen – Fleisch ... wilde – Küsse ... kämpfende – Zungen ... feste – Stöße ...«

JAAAAAA! Ich kam, während er noch redete.

»Jaaaaaa!« Auch bei meiner Schwester und ihrem Freund war es soweit.

»... tief – in – dich – hinein ...«

Ich konnte hören, dass es auch ihm gerade kam und stellte mir durch den roten Nebel, der meine Sinne verschleierte, vor, wie sein bestes Stück dickes breiiges Sperma in die Luft schleuderte. Ein wollüstig verdorbener Gedanke. Ich drückte noch einmal meine Finger in mich hinein ... ließ das Beben meines Körpers abklingen.

Schweigen. Langes Schweigen.

Nicht peinlich. Genießerisch.

»Geht es dir gut?«, fragte Arnie nach einer kleinen Weile.

»Phantastisch«, antwortete ich wahrheitsgemäß und hörte ihn lächeln.

»Gibst du mir deine echte Telefonnummer?«, fragte er unvermittelt.

»Wozu?«, wollte ich wissen.

»Damit wir vielleicht öfter mal telefonieren können ... wenn du dich mal wieder ›unberührt‹ fühlen solltest ... und hier in der ›Line‹ ist das immer gleich so verdammt teuer für uns Männer ...«

»Ich kann dir meine Telefonnummer nicht geben«, sagte ich.

»Verstehe ...« Er klang ein bisschen traurig. »Möchtest du meine?«

»Nein«, antwortete ich. Was wir erlebt hatten, war wirklich schön gewesen. Aber jetzt, da ich befriedigt war, konnte ich mir nicht vorstellen, es wiederholen zu wollen.

»Hol doch mal was zum Schreiben«, sagte er trotzdem.

Neben dem Telefon lagen Block und Stift.

»Hab ich«, antwortete ich.

Und er gab mir eine Internet-Adresse.

»Wenn du dich nicht traust, anzurufen, aber trotzdem mal wieder Lust auf mich hast, geh einfach in diesen Chat. Du findest mich dort unter dem Nickname *E-R-O-S.*«

»Nickname?«, fragte ich unwissend.

»Mein Pseudonym dort. Ist ein Single-Chat. Für unverbindliche Kontakte.«

So fing alles an.

»HeimlichKeiten«
Die Internet-Story

Mit dem Gutschein-Code

AM1TBHJQP

erhalten Sie auf

www.blue-panther-books.de

diese exklusive Zusatzgeschichte als PDF. Registrieren Sie sich einfach online oder schicken Sie uns die beiliegende Postkarte ausgefüllt zurück!

2. OnLine

Schon zwei Nächte später, wir waren immer noch auf der Isle of Man, Flo lag tief schlafend neben mir, meine Schwester ließ sich im Nachbarzimmer gerade wieder die Seele aus dem Leib poppen, und mein Kätzchen schrie hungrig zwischen meinen Schenkeln, ärgerte ich mich schwarz darüber, dass ich mir Arnies Telefonnummer nicht hatte geben lassen.

Die ›Begegnung‹ mit ihm hatte mich sehr erregt, auch wenn sie nur eine rein Virtuelle gewesen war. Erregt und befriedigt, was ich von Flo nicht behaupten konnte. Ein völlig Fremder am Telefon hatte mich allein durch seine Worte und seine Phantasie entrückt und verzaubert. Während Flo, mit dem ich ja tatsächlich an einem Strand und am Meer war, wenn auch nicht in der Karibik, noch nicht einmal auf die Idee kam, mich vielleicht einmal hinter einen Felsen zu ziehen, um dort ausgiebig mit mir zu knutschen, geschweige denn, mich zu einem mitternächtlichen Liebespicknick unter freiem Sternenhimmel zu entführen.

Ich tat, was ich immer tat, wenn ich nachts noch wach war, während Flo schlief: Ich streichelte mich so leise es ging, in ständiger Angst, Flo würde erwachen und mich erwischen, zu einem kleinen, mittelmäßigen und nicht wirklich befriedigenden Orgasmus und schlief ein.

Am nächsten Tag fand ich, nicht wirklich zufällig, einen

Sex-Shop und kaufte mir einen Vibrator und einen Dildo, was mich ganz schön Überwindung kostete! Ich glaube, ich war noch eine ganze Stunde, nachdem ich den kleinen Laden in der Seitengasse verlassen hatte, hochrot im Gesicht und der festen Überzeugung, dass auch wirklich jeder, der mir auf dem Weg zurück in das Ferienhäuschen begegnet war, mir hatte ansehen können, was ich in der kleinen Plastiktüte mit mir trug.

Eine weitere Stunde später war ich wieder hochrot im Gesicht, weil ein Strandgang der anderen drei, für den ich mich wegen Kopfschmerzen entschuldigt hatte, mir die Gelegenheit gab, mein neues Spielzeug gleich auszuprobieren.

Ausgiebig auszuprobieren.

Wow!

Ich ärgerte mich ein wenig darüber, dass ich nicht schon vier Jahre früher auf die Idee gekommen war, mir so etwas zu kaufen. Dass mich erst die Bemerkung eines Fremden am Telefon, jede Frau würde so etwas haben, mir die Freiheit schenkte, den Besitz eines Vibrators oder Dildos nicht mehr als etwas Luderhaftes oder Verdorbenes zu betrachten – oder, wenn es doch luderhaft und verdorben war, genau das zu genießen.

Und ich genoss es, mein neues Spielzeug. Ausgiebig! So ausgiebig in den letzten Tagen unseres Urlaubs, dass meine Schwester sich wirklich Sorgen wegen der häufigen Kopfschmerzen machte, die mich davon abhielten, mit an den Strand oder abends mit ins Restaurant zu gehen.

Denn eines merkte ich sehr schnell: dass das Stillen des Hungers des schnurrigen Kätzchens zwischen meinen Schenkeln – gerade dann, wenn dieses Hungerstillen besonders gut und befriedigend war – mir plötzlich immer mehr Hunger auf immer mehr machte.

Vielleicht, nein, ganz bestimmt sogar, ist dieser merkwürdige Effekt Schuld an all dem, was noch geschehen sollte. Aber ich greife vor!

***

Wieder zurück in meiner eigenen Wohnung in Liverpool hatte ich zwischen Studium und meinem Nebenjob reichlich Gelegenheit, mit meinen neuen Toys zu spielen. Bald schon mehrere Male am Tag. Ich war dabei sehr experimentierfreudig. Am besten gefiel es mir, mit der Spitze des surrenden Vibrators die kleine Perle meines Kätzchens zu streicheln, während ich mit der anderen Hand den Dildo in mir hin- und herdrückte. Die Orgasmen, die ich mir auf diese Weise zauberte, waren so viel gewaltiger und erfüllender als alles, was ich mit Flo bisher erlebt hatte.

Aber so schön das Spiel auch war, es war ein sehr einsames, und es machte Lust auf mehr. Ich stellte mir vor, wie wunderbar es wohl wäre, jetzt, da ich einen Dildo hatte, wieder mit Arnie zu telefonieren ... und beides gleichzeitig zu genießen: seine Phantasien und den Dildo in mir, geführt von seiner erregend tiefen Stimme.

Ich schaltete den Computer an, ging ins Internet und tippte die Web-Adresse des »Single-Chats« ein, die er mir in jener Nacht am Telefon gegeben hatte.

Vor mir poppte eine Internet-Seite auf, die mir »interessante Kontakte« versprach: über fünfzigtausend Mitglieder in ganz England, davon jetzt im Moment, es war gerade mal zehn Uhr vormittags, etwas mehr als viertausend online – also so, wie ich jetzt gerade vor dem Computer sitzend – tausendneunhundert Frauen und zweitausendeinhundert Männer. Beeindruckend!

Mitglied zu werden, war kostenlos. Das war schon mal fein, weil ich nicht vorhatte, Geld auszugeben, schon gar nicht online.

Aber auch für Nicht-Mitglieder gab es die Möglichkeit, sich die Seiten von Mitgliedern anzuschauen. Ich ging auf das Eingabefeld und tippte *E-R-O-S* ein. Bezeichnender Name! Den er aber, wenn ich mich an unser Telefonat erinnerte, auch verdiente.

Seine persönliche Seite, oder wie man es hier nannte: sein »Profil«, poppte auf:

Name: E-R-O-S
Alter: 29
Ort: London
Ich suche: Abenteuer

Vorlieben:
1. phantasie
2. spontanität
3. romantik
4. leidenschaft
5. natürlichkeit

Abneigungen:
1. zicken
2. miesmacherei
3. langweilerinnen
4. unehrlichkeit
5. verklemmtheit

Zu mir:
190 groß – schwarze Haare – blaue Augen
heißhunger auf das leben und auf die lust!!!

War nicht gerade viel, was hier über ihn stand, aber ein bisschen etwas kannte ich von ihm ja schon. Das Profiel zeigte auch ein Foto von ihm. Er sah zwar ganz anders aus, als ich ihn mir bei unserem Telefonat vorgestellt hatte, aber keineswegs schlechter – nur anders eben.

Ich beschloss, ihm zu schreiben. Aber um ihm eine Nachricht schreiben zu können, musste ich selbst erst einmal Mitglied des Single-Chats, der sogenannten »Community« werden. Also klickte ich auf »Mitgliedschaft anmelden«.

Jetzt musste ich erst einmal alle möglichen Angaben zu meiner Person machen: Wohnort, Adresse, Telefonnummer, und so weiter. Da ich keine Lust hatte, hier im Internet all das preiszugeben, tippte ich nur den Wohnort Liverpool und mein Geburtsjahr wahrheitsgemäß ein, den Rest erfand ich frei.

Auf der nächsten Seite sollte ich »Hobbys« ausfüllen und Fragen zu meiner Persönlichkeit angeben. Ich übersprang das und ging direkt zu der nächsten Seite, auf der ich mein eigenes Profil erstellen sollte.

Zunächst musste ich mir einen Nick aussuchen, ein Pseudonym. Mann, Mann, Mann, was die alles haben wollten! Das war ja komplizierter, als auf dem Einwohnermeldeamt.

Ich dachte nach.

Mein Vater hatte mich als kleines Mädchen immer »süße Prinzessin« genannt. Das erschien mir als Pseudonym ganz brauchbar. *Sweet Princess*. Ich tippte es ein. Mist! Der Name war schon vergeben, zumindest in der Schreibweise. Also versuchte ich eine andere. Am Ende kam heraus: *sweet_princess*. Gefiel mir.

Dann sollte ich mein eigenes Profil erstellen. Puh! Hätte ich mir damals nur Arnies Telefonnummer geben lassen, dann hätte ich mir all das hier sparen können! Ich überlegte.

Dann tippte ich. Heraus kam folgendes Profil:

Name: sweet_princess
Alter: 21
Ort: Liverpool
Ich suche:

Vorlieben:
1. männlicher duft
2. mein vibrator
3. mein dildo
4. zärtlichkeit
5. guter sex

Abneigungen:
1. keine phantasie beim sex
2. ungepflegtheit
3. schlafmützen
4.
5.

Zu mir:
21 Jahre – 174 groß – 53 kg
brünette, lange haare
grüne augen
80 c-d
lebe in einer glücklichen beziehung;
sexuell jedoch nicht ausgelastet

Bei »Ich suche« hatte ich erst einmal nichts eingegeben, weil ich mir nicht sicher war, was ich denn suchte. Suchte ich denn etwas? Eigentlich wollte ich doch *E-R-O-S*, oder Arnie, nur eine Nachricht hinterlassen, weil ich gern einmal wieder mit ihm telefoniert hätte ... diesmal mit Dildo! Vor dem Hintergrund betrachtet, wunderte ich mich selbst darüber, dass ich überhaupt so viel geschrieben hatte. Aber vielleicht gab es hier ja noch andere interessante Männer als nur Arnie ...

... und gleichzeitig hatte sich das Ausfüllen des Profils ein bisschen so angefühlt, wie sich etwas von der Seele zu schreiben, vielleicht deshalb die Offenheit.

Ich hatte ja in meiner damaligen Blauäugigkeit keine Ahnung, was dieses kurze Profil an Reaktionen auslösen würde. Wirklich keine Ahnung!

Dann, als das Profil erstellt war, setzte ich mich daran, einen Brief an Arnie zu verfassen. Aber ich kam weder dazu, ihn zu Ende zu schreiben noch habe ich ihn jemals abgeschickt.

PING!, machte mein Computer.

PING! PING! PING! ...

Und immer wieder PING!

Es war ein bisschen so, wie wenn man beim »Glücksrad« ein E kauft. Ich erschrak, hatte zunächst keine Ahnung, was das bedeutete. Und dann sah ich es.

In meinem Profil gab es einen sogenannten »Briefkasten«. Hier kamen Nachrichten anderer Chat-Mitglieder an. Und ich, kaum dass ich zehn Minuten online war, erhielt gleich jede Menge Nachrichten!

Ich war platt! Dann begann ich, sie zu lesen.

du bist sexuell unausgelastet? das kann ich ändern!

Das versprach ein fünfundvierzigjähriger *Zungen-Profi* aus Leeds. Pfui bah! Allein schon der Nickname!

80 c – d? klingt nach ner guten handvoll!

Keine Ahnung, was mir *Dauergeil*, einundzwanzig, aus Chester damit sagen wollte. Dass er kleine Hände hatte?

Hast du geile fotos von dir?

Das wollte eine *pussy-goddess*, siebzehn, aus Halifax wissen.

Ich löschte solche plumpen Nachrichten. Davon hatte ich binnen der nächsten halben Stunde nicht weniger als dreißig – direkt, ohne mir auch nur die Profile der Absender anzuschauen. Eigentlich schreckte mich das Ganze eher ab. Ich hätte fast mein Profil wieder gelöscht, wenn da nicht auch geschmackvolle und interessante Mails gekommen wären.

Da schickte ein *Tom-Cat-Tom*, einunddreißig, aus Bradford, gleich drei Liebesgedichte an mich. Alle drei wunderschön, auch wenn er vergessen hatte, zu erwähnen, dass sie nicht von ihm selbst waren. Denn Dank der Bücher in meinem Regal war ich mir sicher, dass dieser *Tom-Cat-Tom* seine abgekupferten Gedichte per »Copy«-Taste einfach an jede Frau schickte. Nichtsdestotrotz waren sie schön und der Typ selbst unaufdringlich.

hi fremde sweet_princess!

ich will dein reißendes biest sein, dein dunkler, gieriger engel der muse! Ich will dir fesselnde abenteuer schenken und deinen süßen atem trinken ...

... und vielleicht sogar ein lächeln auf dein herzchen zaubern ...

Ich gebe zu, dass mir diese Nachricht eines gewissen *dark_phantom*, dreißig, aus Bolton, durchaus ein kurzes Kribbeln unter die Haut jagte. Aber angesichts der Tatsache, dass der Mensch nicht einmal wusste, wie ich aussah und mir auf zwei Sätze in meinem eigenen Profil hin so etwas versprach oder androhte, je nachdem, wie man es sehen wollte, konnte ich ihn nicht wirklich ernstnehmen, zumal mir seine Ansprache auch einen Zacken zu scharf war. Wo ich doch ohnehin nicht hier in diesem Chat war, um reale Kontakte zu knüpfen. Aber es war schon interessant, zu erleben, wie leichtfüßig sich hier einem die Männerwelt präsentierte. Wie teilweise sehr mutig, oder gar dreist, man[n] hier an mich herantrat. Ich war mir sicher, so schüchtern ich selbst auch war, die meisten dieser Helden hätten mich in einer Discothek oder in einem Club überhaupt nicht erst anzusprechen gewagt.

Nicht, dass ich anmaßend sein will oder gar überheblich, aber ich sehe gar nicht so schlecht aus, und allein das hält doch schon viele Männer in der Wirklichkeit davon ab, auf eine ganz normale, natürliche Art und Weise eine Frau einfach nett anzusprechen. Gut auszusehen, wird doch in den meisten Fällen gleichgesetzt mit unerreichbar, unnahbar.

Nicht hier im Internet!

ich bin noch ›jungfrau‹ und suche auf diesem weg eine erfahrene frau, die mich in die bezaubernde welt der erotik einführt

Das kam von einem gewissen *galahad*, achtzehn, aus Ipswich, was ich besonders süß fand. Ich fragte mich schmunzelnd, wie viele Frauen der Schlawiner auf diese Art schon herumgekriegt und sich von ihnen hatte entjungfern lassen. Abgesehen davon, war ich mit Sicherheit alles andere als eine erfahrene Frau.

lach

Auf diese Weise – Sternchen, Wort, Sternchen – drückte man hier im Chat, das lernte ich sehr schnell, seine Gefühle, Aktionen oder seine Mimik aus, die man ja anderweitig bei rein schriftlichem Briefwechsel kaum deutlich machen konnte. Da gab es *grins* oder *grinz*, *schäm*, *lach*, *lautlach*, *gier*, *blinzel*, *zwinker*, *schmunzel*, *rotwerd*, *grübel*, *grummel*, *anstups*, *knutsch* ... und so weiter, und so weiter. Außerdem ganz merkwürdige Zeichen:

;-) stand für *zwinker* oder *grins*,
:-) war ein Smiley und stand für *lächel* oder *freu*,
;-P stand für *frechdiezungerausstreck* oder *bääh*,
:-(für *traurigbin* und
;-(für *tunursoalsobichtraurigwär*

Eine ganz eigene Sprache eben. Und die meisten schrieben alles klein. Gewöhnungsbedürftig, aber man tippte viel schneller.

lass dich von mir verzaubern, prinzessin! tel.nr.: xxxx...!

Diese Nachricht, die mich stark an Arnie erinnerte und mir vielleicht deswegen auf Anhieb gut gefiel, war von einem Chatter namens *LonelyHeart.*

Ein bisschen erschreckte es mich schon, dass mir ein Wildfremder einfach so seine Telefonnummer schickte. Aber war es nicht genau das, weswegen ich hierhergekommen war? Der Kontakt zu einem Fremden, von dem ich nichts weiter wusste, als seine Telefonnummer?

Ich schaute von meinem Computer aus auf meinen Nachttisch hinüber. Dort standen der Dildo und der Vibrator. Augenblicklich begann mein Kätzchen zu kribbeln. Ich hätte jetzt offline gehen, das heißt, das Internet verlassen, den Computer ausschalten und ein bisschen mit meinen Toys spielen können. Aber wie viel interessanter wäre es doch, dabei die Stimme eines Mannes im Ohr zu haben und mich von seinen Phantasien beflügeln zu lassen, so wie mich Arnies Phantasie beflügelt, erregt und erfüllend befriedigt hatte.

Ich klickte *LonelyHearts* Profil an.

Name: LonelyHeart
Alter: 28
Ort: Birmingham
Ich suche: Abenteuer

Vorlieben:
1. unabhängigkeit
2. unverbindlichkeit
3. kreativität
4. persönlichkeit
5. humor

Abneigungen:
1. klammern
2. egoisten
3. mauerblümchen
4. rumgenerve
5. genügsamkeit

zu mir:
wenn du akzeptieren kannst, dass hier nicht die große liebe zu finden ist, du aber dennoch gern das leben in vollen zügen genießt – ob nun virtuell, am telefon oder auch im realen leben – dann fühl dich bei mir willkommen!
Wenn für dich, wie auch für mich, sex und beziehung zwei dinge sind, die nicht unbedingt etwas miteinander zu tun haben müssen, dann flieg mit mir!
lächel

Das Bild in seinem Profil gefiel mir gut: dunkelblond, braungebrannt und, soweit ich es erkennen konnte, grüne Augen wie ich. Sein Lächeln war ein selbstbewusstes. Es war verführerisch. Fast so verführerisch, wie die klare Aussage, dass er nur Sex suchte und auf gar keinen Fall eine Beziehung!

Ich wählte seine Nummer.

3. VIRTUELL

LonelyHearts Telefonstimme war noch geiler, als die von Arnie. Tief, ruhig, ein wenig rau ... männlich!

»Hallo, süße Prinzessin!«, begrüßte er mich, ohne dass ich mich gemeldet hatte. Das gefiel mir, zeigte es mir doch, dass er seine Telefonnummer nicht per Serienmail an zig Frauen im Netz verschickte, sondern ganz gezielt mich angesprochen hatte.

»Hallo, einsames Herz«, lächelte ich, und mein eigenes flatterte dabei ein ganz kleines bisschen. Ich war nervös. Ziemlich nervös!

»Deine Beschreibung im Chat klingt verführerisch«, sagte er. »Trifft sie zu?«

»Wie meinst du das?«, wollte ich wissen.

»Viele Menschen im Internet lügen, was ihr Aussehen betrifft«, klärte er mich auf.

»Ich nicht«, stellte ich fest.

»Was machst du gerade?«, fragte er, und es klang interessiert.

»Ich sitze am Schreibtisch vor dem Computer«, antwortete ich wahrheitsgemäß.

»Ich auch«, sagte er. »Komm, lass uns ins miteinander ins Bett gehen«, schlug er vor.

So simpel und plump sich dieser Satz vielleicht anhören mochte, mit *LonelyHearts* ruhiger, tiefer, ja sinnlicher Stimme hatte der Satz eine extrem anregende Wirkung auf mich. Wieder fiel mein Blick auf den Vibrator und den Dildo.

»Hört sich gut an«, gab ich zu und stand auf. Dann kam mir eine Idee. »Soll ich mich ausziehen?«, fragte ich scheu.

»Das wäre schön!«, begrüßte er meinen Vorschlag mit einem hörbaren Schmunzeln, das ein bisschen so klang wie: ›angezogen lässt es sich ja schlecht poppen, oder?!‹

Ich lachte, als ich das merkte, weil er ganz einfach recht hatte. Also fing ich an, mich auszuziehen.

»Lass mich teilhaben«, bat er mich.

»Was meinst du?«, fragte ich.

»Erzähl mir, was du gerade ausziehst.«

»Hm.« Ich überlegte. Es fiel mir schon ein bisschen schwer. Meine Kehle war ganz trocken.

»Nur wenn du möchtest«, schickte er nach, als er merkte, wie schüchtern ich war. Wie bei Arnie war ich erstaunt darüber, wie deutlich doch ein wildfremder Mann nur über das Telefon erkennen konnte, wie es mir gerade ging.

»Ich möchte«, antwortete ich ein bisschen krächzend, und fühlte, dass meine Finger zu zittern begonnen hatten. »Also, ich trage ein weißes Top und schwarze Stoffhosen, keine Schuhe und keine Strümpfe, die trage ich zu Hause so gut wie nie.«

»Bist du schon im Bett?«, wollte er wissen.

»Nein« Ich stand noch davor.

»Dann geh bitte zuerst ins Badezimmer.«

»Wozu?«, fragte ich.

»Lass dich überraschen«, lächelte er sanft. »Vertrau mir.«

Ich vertraute ihm. Was sollte auch schon geschehen? Er war über zweihundert Kilometer weit entfernt und ich konnte jederzeit auflegen, wenn mir nicht gefiel, was er vorhatte.

Ich ging ins Bad, nahm aber wohlweislich den Dildo und

den Vibrator mit.

»Stell dich vor deinen Spiegel«, wünschte er sich, »und beschreib dich mir.«

Ich beschrieb mich, so wie ich mich im Internet beschrieben hatte.

»Nein«, unterbrach er mich. »Das meine ich nicht. Wie trägst du dein Haar?«

»Zusammengebunden«, antwortete ich.

»Öffne es für mich und beschreib es mir.«

Ich öffnete es.

»Es fällt weich über meine Schultern und umrahmt mein Gesicht. Ich war vor kurzem im Urlaub auf der Isle of Man, und das braun ist jetzt etwas heller als vorher.«

»Dein Gesicht ist gebräunt?«

»Ja.«

»Ich nehme an, deine grünen Augen funkeln darin, wie Smaragde.«

Ich sah in den bis zum Badezimmerboden reichenden Spiegel.

»Ich kann dir nicht widersprechen!«, lächelte ich.

»Ich mag dein Lächeln«, sagte er, weil er es wohl hören konnte, wie ich das seine.

»Greif mit deiner Hand unter den Saum deines Tops«, verlangte er sanft, und ich tat es. »Schieb es langsam nach oben, streichel dabei deinen Bauch mit der flachen Hand.«

Es fühlte sich gut an. Es sah auch gut aus. Ich hatte noch nie vor dem Spiegel gestanden, wenn ich mich selbst streichelte. Es hatte was!

»Schieb es höher ... bis über deine nackte Brust.«

»Ich trage einen BH«, korrigierte ich ihn. »Sonst wären die Jungs an der Uni heute Vormittag wahrscheinlich Amok gelaufen«, fügte ich grinsend hinzu bei dem Gedanken, in diesem dünnen Top ohne BH im Hörsaal zu sitzen.

»Du magst deine Brüste«, stellte er mehr fest, als dass er es fragte.

»Oh ja«, gab ich schwärmend zu. Mit meinen Brüsten hatte ich wirklich Glück.

»Dann öffne deinen BH für mich.«

Ich griff nach hinten und öffnete den Verschluss.

»Offen«, sagte ich, und ich fühlte, wie ein Kribbeln in meine bis jetzt noch weichen Brustspitzen floss und sie sich dabei ein ganz klein wenig zusammenzogen.

»Frauenbrüste sind etwas Wundervolles«, schwärmte er, und ich konnte ihm nicht widersprechen. »Beschreib mir, was du jetzt siehst.«

Meine Kehle war noch immer ganz schön trocken, aber es fiel mir nun ein wenig leichter, mit ihm zu sprechen. Eigentlich fiel es mir jetzt, da so eindeutig klar war, warum wir miteinander telefonierten, ohne dass einer von uns beiden es explizit hatte aussprechen müssen, sogar sehr leicht. Die Idee mit dem Spiegel war eine verdammt gute! Sie lenkte mich dadurch, dass ich mich selbst ansah, ein kleines bisschen von ihm und meiner damit verbundenen Nervosität ab, und hatte zugleich etwas leicht Verruchtes.

In meinem Kätzchen prickelte es angenehm.

»Meine Hand schiebt, wie du es gewünscht hast, den Saum meines Tops nach oben ... über meinen Bauch ... auch er ist schön braun von der Sonne ... und der BH ist offen ... ich schiebe ihn mit nach oben ... und der Ansatz meiner linken Brust kommt zum Vorschein ... ein wenig blasser ... ich sonne nicht so gern topless ... der Kontrast hat seinen ganz eigenen Reiz ... der Ansatz ist rund ... sie sind schön fest, musst du wissen.«

»Hört sich gut an«, sagte er, ohne mich damit zu unterbrechen.

»Wenn ich den Stoff jetzt noch ein bisschen weiter nach oben schiebe, kommt mein ... mein ...« Ich stockte.

»Deine Knospe?«, half er mir.

»Ja«, sagte ich. Das Wort gefiel mir. »Kommt meine Knospe zum Vorschein.«

»Beschreib sie mir.«

Ich schob das Top und den BH noch ein wenig höher und betrachtete sie eingehend. Sie war nicht mehr wirklich entspannt.

»Sie ist hellbraun. Nein, eigentlich ist sie eher rosa. Hm, na ja, irgendwo dazwischen. Eben war sie noch ganz weich, aber jetzt zieht sie sich gerade zusammen.«

»Berühr sie.«

Das musste er mir nicht zweimal sagen. Ich streckte den Finger aus und rieb zärtlich darüber. Sie zog sich noch fester zusammen, und ein leises Rauschen kribbelte in sie hinein und von dort aus meinen Nacken hinauf.

Er konnte hören, dass ich dabei genussvoll die Luft einsog. Mir fiel auf, dass ich ganz ohne jede Phantasie vom Strand oder irgendeinem anderen exotischen Ort erregt war. Hier im Badezimmer zu stehen, mich zu betrachten, mich auf seine Wünsche hin zu berühren, mit seiner Stimme im Ohr und dem Bewusstsein, dass ihn das, was ich tat, erregte, war Stimulanz genug.

Ich zog das Top und den BH aus, besah meinen nackten Oberkörper, die über dem flachen Bauch schwebenden vollen Brüste und ihre immer härter werdenden Knospen.

»Ich fasse sie jetzt an«, berichtete ich ihm. »Etwas fester. Aber nur ein ganz kleines bisschen fester.«

»Für mich?«, fragte er lächelnd.

»Nur für dich!«, flüsterte ich erregt. »Es prickelt ... bis hoch unter meine Kopfhaut. Sie werden fester ... nicht nur die Knospen.«

»Steck sie mir in den Mund«, flüsterte er ... und der Gedanke an Männerlippen auf meiner Haut ließ einen winzigen Blitz zwischen meine Schenkel schießen.

»Ja, küss sie!«, bat ich ihn und drückte ein wenig kräftiger zu. »Lutsch an ihnen. Sie schmecken dir bestimmt.«

»Oh ja, das tun sie«, sagte er. »Ich nehme sie in meine beiden Hände und sauge an ihnen ...«

»Abwechselnd!«, bat ich und wechselte mit der Hand zwischen beiden hin und her, drückte sie, knetete sie, sah, wie das Blut in sie schoss und sie dunkler färbte. Meine Beine zitterten ein wenig.

»Jetzt deine Hose«, schlug er vor.

Ich war bereit ... nur allzu bereit. Mit wenigen Griffen hatte ich meine Hose geöffnet und ließ sie auf den angenehm kühlen Fliesenboden nach unten fallen.

»Ich ziehe meine auch aus«, sagte er, und ich konnte hören, dass seine Stimme noch ein Stück rauer geworden war – lüsterner.

»Was trägst du darunter?«, fragte ich neugierig und streichelte mit meinen Fingerspitzen über den Saum meines Slips.

»Nichts«, sagte er grinsend. »Ich arbeite heute zu Hause und hab nur eine Jeans an.«

»Beschreib ihn mir.« Ich wunderte mich selbst über mich, aber das Spiel auf meiner Haut hatte meine Schüchternheit verscheucht.

»Er fühlt sich angenehm warm an, wenn ich ihn berühre. Und er ist schon fast hart weil ... du machst mich an, süße

Prinzessin, sehr sogar ... die Adern zeichnen sich auf ihm ab, und wenn ich die Vorhaut jetzt ganz langsam zurückziehe ... oh jaa ...«

Mehr musste er gar nicht sagen. Ich stöhnte leise auf, während ich mir ganz unwillkürlich, wie aus einem Instinkt heraus, die Fingernägel meiner freien Hand durch den Stoff meines Slips in das Fleisch meines Kätzchen senkte. Erregt biss ich mir auf die Unterlippe.

»Lass mich ihn küssen!«, bat ich.

»Dann knie dich hin!«, sagte er.

PENG!

Knie dich hin! – was für ein geiler Satz! Ich war schlagartig nass. Ich kniete mich hin, betrachtete mich weiterhin im Spiegel.

»Ich habe einen Dildo hier«, gab ich mit rotem Kopf zu.

»Nimm ihn in den Mund!«

PENG!

Nimm ihn in den Mund! Es war um mich geschehen. So hatte noch nie jemand mit mir gesprochen. Es machte mich an, es machte mich scharf. Mir lief es heiß und kalt über den Körper.

Ich griff nach dem Dildo und ... küsste ihn.

»Wie schmecke ich dir?«, fragte er.

»Phantastisch«, nuschelte ich und drückte meine Lippen auf die Spitze des Gummiglieds. Der Dildo hatte, wie *Lonely-Heart* sich beschrieben hatte, dicke Adern auf der Oberfläche. Ich leckte an ihnen entlang, ließ ihn hören, was ich tat, weil mich das noch heißer machte. »Du bist so wahnsinnig hart«, seufzte ich.

»Oh ja, das bin ich«, sagte er. »Nimm ihn schön tief zwischen deine Lippen.«

Ich öffnete den Mund und schob den Dildo mit der Eichel hinein.

»Tiefer!«, sagte er, und ich schob ihn tiefer, legte dabei den Kopf nach hinten, sodass ich mich dabei gerade noch im Spiegel betrachten konnte, wie ich den Dildo in meinen Mund hineingleiten ließ.

»Du schmeckst mir!«, sagte ich undeutlich, damit er hören konnte, was ich gerade tat. Er stöhnte auf.

»Und jetzt, wo du so schön hart bist«, fuhr ich fort, »will ich dich reiten.«

»Besteig mich!« Es war ein erregtes Flüstern, mit dem er das sagte.

PENG! Nummer drei!

Besteig mich!

So schnell ich konnte, zog ich meinen Slip aus, ich kniete noch immer auf dem Boden, spreizte meine Beine und stellte den Dildo auf die Kacheln. Auf diese Idee war ich eben zum ersten Mal gekommen.

»Ich schaue mir jetzt genau zwischen die Beine, einsames Herz. Der Dildo steht aufrecht auf dem Boden zwischen meinen Schenkeln. Ich bin rasiert.«

»Ganz?«

»Ganz«, bestätigte ich und ahnte, wie gut ihm das gefiel. »Und jetzt ... jetzt senke ich mich auf dich herab. Die Spitze berührt mein zartes Fleisch ...« Ich stöhnte auf, als sie es tatsächlich tat, »und beginnt mich zu teilen ... in mich hinein zu schlüpfen ... gaaanz langsam!« Wieder stöhnte ich auf, während ich mein Kätzchen auf den Dildo schob. »Du dringst in mich ein ... füllst mich aus ...«

»Nimm deine Brüste in meine Hände ... massiere sie«, fügte er hinzu, und ein weiteres heftiges Zittern durchrieselte meinen Leib, den ich nackt und erregt im Spiegel betrachtete, wie er sich tiefer und tiefer auf den Dildo senkte. So sehr ich mich auch darauf konzentrierte, mich ganz genau anschauen zu wollen, so sehr wurde mein Blick durch die immer größer werdende Erregung zunehmend verschleiert. Mein Becken zuckte gierig, drängte mich, fester zustoßen zu wollen.

»Reit mich hart und schnell!«, sagte *LonelyHeart*, ganz so, als hätte er schon wieder meine Gedanken erraten.

Ich stieß zu ... stöhnte wieder auf, lauter diesmal.

»Reit mich, kleine süße Prinzessin!«, spornte er mich an, wohl hörend, was ich tat.

Wieder stieß ich zu ... schob ihn in mich ... drückte ihn hin und her ... musste ihn festhalten, damit er nicht wegrutschte unter dem gierigen Druck meines immer nasser werdenden Käztchens. Stieß wieder zu. Hart und schnell.

»Ja!«, keuchte ich.

Mein Becken arbeitete jetzt wie von selbst. Zuckend ... drängend ... kreisend. Mein Kätzchen saugte an dem dicken Gummi in mir drin.

LonelyHearts Stöhnen nahm den Takt meiner immer schneller werdenden Stöße an.

»Du machst das so gut, Prinzessin«, rief er heiser. »Nimm ihn dir ... spieß dich drauf ... reit ihn! ... Fühl meine hungrigen Finger an deinen harten Knospen ...«

»Ja!«, stöhnte ich und stieß zu.

»... wie sie dich packen und kneten ...«

»Ja!« Ich konnte den Dildo nass schimmern sehen zwischen meinen Beinen.

»... meine Lippen ... wie ich sie über deine Brüste stülpe und an dir lutsche ...«

»JA!« Ganz tief diesmal.

»... in dein heißes Fleisch hineinbeiße ...«

»JA!« Noch tiefer.

»… FEST beiße …!«

»JAAAAAAA!«

Der Orgasmus überfiel mich wie ein Sturm.

»Noch einmal!«, rief er, und ich stieß noch einmal zu. Alles um mich herum schien zu explodieren.

»Noch einmal!«, stöhnte er laut auf, und ein letztes Mal stieß ich mein Kätzchen ganz tief auf den Dildo.

»JAAAAAAAAAAA!«

»JA!«, rief auch er.

***

Von da an telefonierten *LonelyHeart* und ich fast jede Nacht miteinander. Die Tatsache, dass wir einander nicht in der Wirklichkeit kannten, ich fest liiert und er, wie er nicht müde wurde zu betonen, definitiv nicht interessiert war an irgendeiner Art von Beziehung, machte es um so prickelnder, luderhafter. Manchmal telefonierte ich sogar mit jemand anderem, auf dessen Profil ich im Internet gestoßen war. Nach Arnie und *LonelyHeart* fiel mir das überhaupt nicht mehr schwer. Aber *LonelyHeart* war eindeutig der Beste.

grins

Nicht nur am Telefon. Er konnte auch richtig nett schreiben. Schon am Tag nach unserem ersten Telefonat saß ich in der Uni-Bibliothek am Rechner und hatte neben der Suchmaschine, in der ich für mein Hauptfach recherchierte, den Chat offen.

PING! Eine Nachricht war angekommen.

Sie war von *LonelyHeart*:

guten morgen, süße prinzessin! ;-)

… kaum bin ich wach, steht mir der sinn danach, meine zähne in das süßweiche fleisch deines nackens zu senken, mit meinem gewicht deinen körper fest in die matratze zu drücken und meine

hand fordernd zwischen deine schenkel zu schicken, um deine nässe zu locken und deine bereitschaft ... die stöße meiner finger lassen dein becken erbeben und senden dir süße kleine seufzer in die kehle, die ich jedoch schon bald darauf neben dir kniend mit meinem hart wachsenden fleisch stopfe, um dir meine lust zum schmecken zu geben, während meine freie hand die spitzen deiner brüste glühend zwirbelt ... weit offen steht dein mund, um meine stöße zu empfangen ... weit offen deine schenkel, meiner spielenden hand und deiner eigenen immer höher gepeitschten lust raum zu gewähren ... im inneren erfreut, lachend vor geilheit und hungrig heiser stöhnend, schickt deine gier deinen verstand hinfort an einen fernen ort, wo er dich nicht mehr daran hindert, dich stutengleich vor mich hinzuknien und mir deine duftige tiefe zu präsentieren, auf dass ich dich kraftvoll besteige ... dich mir nehme ...

Mir schoss die Röte ins Gesicht, und ich war nass zwischen meinen Schenkeln, ohne es verhindern zu können. Ich schaute mich um, war mir sicher, dass die anderen Studenten, die hier saßen, unweigerlich sehen mussten, dass ich schlagartig geil geworden war.

Ich klickte auf »1:1-Dialog«. Hier konnte man nicht nur Nachrichten verschicken, sondern direkt miteinander »chatten«.

sweet_princess:	bist du verrückt geworden?!?!!
LonelyHeart:	*lach* ... wieso?
sweet_princess:	... mir so etwas zu schreiben – wo ich hier gerade in der uni-bibliothek sitze!
LonelyHeart:	es kann kein mensch lesen außer dir ...
sweet_princess:	... aber jeder sieht mir an, dass ich gerade fürchterlich rollig geworden bin ...

LonelyHeart:	… bist du? *grins*
sweet_princess:	UND WIE!!!
LonelyHeart:	gefällt mir! ☺ … dann schick ich dir gleich noch eine …
sweet_princess:	… untersteh dich!

Aber er unterstand sich natürlich nicht.

Und ich war viel zu neugierig, als dass ich die nächste Nachricht, die er mir schickte, nicht geöffnet hätte.

… mein drängender mund auf deinen hungrigen lippen … brennenden atem trinkend … wandernde finger auf deiner haut … erforschend – erregend – fordernd – vorwitzig – gierig … zahllose kleine bisse in deinen nacken … deinen hals … deine schultern … brüste … bauch … schenkel … pochendes pulsierendes fleisch in deinen händen … deine süßen wilden küsse an meiner brust … lachen … fester griff … in dich tauchende finger … tanzende zungen … lutschende lippen … schweiß fließt und nässe … süßes sanftes stöhnen … sündige gier … animalische lust … hemmungslosigkeit … packende kraft … hungrige hingabe … lust pur …

KNIE NIEDER!

Kein Wunder, dass ich ihn anrief, sobald ich zu Hause ankam, um mich mit ihm und dem Dildo abzukühlen.

***

Am vierten oder fünften Abend fragte er mich, ob er ein Foto von mir haben könnte. Ich hatte kein aktuelles. Schon gar nicht im Computer. Bis jetzt hatte ich nie Anlass gehabt, welche digital zu verschicken. Zumal, Fotos im Internet zu verschicken, eigentlich eine heikle Sache ist, weil man nie weiß, wer damit wie umgeht und wo man sich plötzlich wiederfindet.

Aber *LonelyHeart* vertraute ich inzwischen.

Also bat ich Flo, mit seiner digitalen Kamera Fotos von mir zu machen, ganz anständige natürlich! *lächel*

Andere hätte Flo von mir bestimmt auch nicht gemacht.

Er brannte sie mir auf eine CD-Rom, und ich schickte zwei davon via E-Mail an *LonelyHeart*.

Die Reaktion von ihm ließ auch nicht lange auf sich warten.

ICH WILL DICH TREFFEN,
SÜSSE PRINZESSIN!
REAL!

4. LonelyHeart

Ich saß auf einer Treppe vor dem Bahnhof und war furchtbar nervös. So nervös, dass ich jetzt schon meine dritte Luckys innerhalb einer halben Stunde bis zum Filter hinuntergeraucht hatte. Die Sonne stand hoch, und mir klebte das leichte Kleid überall auf der Haut. Wer auch immer sich die Mühe machte, hinzusehen, konnte jetzt ohne Schwierigkeiten erkennen, dass ich unter dem hellen, sandfarbenen Stoff schwarze Wäsche trug. Dumme Entscheidung bei dem Wetter! Aber es machte sich so gut wie niemand die Mühe. Es war so heiß, dass jeder mit sich selbst genug zu tun hatte. Und ich war dank des so früh und heftig eingesetzt habenden Sommers bei Weitem nicht das einzige Mädel, das nur spärlich bekleidet herumlief.

Trotzdem war ich nervös.

Ich würde heute das erste Mal fremdgehen.

Das erste Mal Sex haben, mit einem Mann, den ich bisher nur aus dem Internet und von Fotos her kannte.

LonelyHeart hatte mich gebeten, für unser Date eine Pension etwas außerhalb von Liverpool zu reservieren. Zahlen würde *er* sie, worüber ich froh war, weil das Gehalt, das ich mir als studentische Mitarbeiterin in der Personalabteilung einer IT-Firma neben meinem Psychologiestudium her verdiente, gerade mal für meine kleine Wohnung, Essen und Trinken, die Telefonrechnung, Zigaretten und hin und wieder ein paar neue Klamotten reichte.

Ich zündete meine vierte Luckys an. Normalerweise rauchte ich über den ganzen Tag verteilt nur so viele. Aber heute war es etwas anderes.

Ich hätte nicht so früh hierherkommen sollen. Bis zu unserem vereinbarten Treffen waren es noch gut zwanzig Minuten. Aber ich hatte es zu Hause nicht mehr länger ausgehalten vor Aufregung.

Aber auch hier zu sitzen, machte es nicht viel besser. Ich hatte das Gefühl, dass jeder einzelne der zahllosen Menschen, die an mir vorüber in den Bahnhof hineingingen oder ihn verließen, mir vom Gesicht ablesen konnte, was ich vorhatte. Es kam mir vor, als hätte ich ein Schild auf der Stirn stehen, auf dem geschrieben stand: »Dieses anständig aussehende Mädchen, das zu Hause einen lieben, treuen Freund hat, ist hier, um sich gleich von einem ihr völlig fremden Mann abholen zu lassen, um dann mit ihm in eine Pension zu fahren und dort Sex mit ihm zu haben!«

Meine Hände zitterten und mein Herz raste.

Nicht zum ersten Mal, seit ich hier saß und mit meinem Kleid auf der Steinstufe klebte, überlegte ich, ob es nicht besser wäre, einfach wieder zu verschwinden, *LonelyHeart LonelyHeart* bleiben zu lassen und eben nicht fremdzugehen. Dann aber dachte ich wieder an jene Nächte auf der Isle of Man, an meine Schwester und ihren Freund, an ihr Stöhnen und ihre Schreie, an die Ausdauer ihrer Spiele ... Und daran, wie Flo meine Hand weggeschoben hatte, weil er schlafen wollte, um fit zu sein für die Radtour am nächsten Tag … Und an all die anderen Nächte mit Flo … An all das dachte ich, was so weit weg war von meinen Träumen und Phantasien, so weit weg davon, erfüllend und berauschend zu sein.

Ich liebte Flo. Ich liebte ihn sogar sehr. Es war schön, sich an ihn zu kuscheln und ihm dabei zuzuhören, wie er von unserer Zukunft träumte, von dem Häuschen ... und dem Auto ... und dem Hund ... und meiner eigenen Praxis als Psychologin ... und von dem Urlaub, den wir jedes Jahr auf den Malediven machen würden, wenn er erst einmal sein Diplom und einen Job als Maschinenbauingenieur hatte.

Kann sich eine Frau denn mehr wünschen?

Sie kann!

Ich wünschte mir auf jeden Fall mehr. Vielleicht noch nicht einmal unbedingt mehr, sondern anderes. Zuneigung, Sicherheit und ein klarer Blick in die Zukunft haben durchaus etwas für sich. Aber was, wenn dabei die Wahrnehmung auf der Strecke bleibt? Das Gespür für das, was der andere wirklich will? Ich meine, es ist ja nicht gerade so, dass diese von Flo so schön gemalte Zukunft gefährdet gewesen wäre, wenn er sich einfach im Bett ein bisschen mehr Mühe gegeben hätte.

Eigentlich wollte ich mir nur das holen, was er mir vorenthielt, sagte ich mir selbst, und entschuldigte damit, dass ich hier auf der Treppe saß und auf *LonelyHeart* wartete.

Die Begegnung mit ihm würde nichts an meiner Beziehung zu Flo ändern. Gar nichts. Ein Mann, der im Internet unterwegs war, um sich dort reihenweise Frauen für das Bett zu organisieren und schon im Vorfeld ganz klar machte, dass er ausschließlich Sex suchte, und auf gar keinen Fall eine Beziehung, war keine Bedrohung für meine Liebe zu Flo.

Ich wollte nur ein wenig Spaß.

Nein, das war untertrieben. Ich wollte Erfüllung. Ich wollte wenigstens einmal so geliebt werden, wie meine Schwester von ihrem Freund.

Dermaßen in Gedanken versunken, hätte ich beinahe

übersehen, dass *LonelyHeart,* gerade mal fünf Meter von mir entfernt, aus seinem Mercedes SLK stieg und mich anlächelte.

Mein Herz tat einen gewaltigen Satz, bis hoch in meine Kehle, ich ließ vor Schreck meine Zigarette fallen und sprang auf. Ich war so sehr geschockt davon, dass mich die Realität jetzt tatsächlich einholte, dass ich für einen Sekundenbruchteil überhaupt nicht wusste, wie ich mich verhalten sollte. Auf gar keinen Fall wollte ich, dass *LonelyHeart* mitbekam, wie nervös ich wirklich war.

Also wagte ich die Flucht nach vorn.

Mit großen, schnellen Schritten ging ich auf ihn zu, versuchte zu lächeln, schlang die Arme um seinen Hals ...

... und knutschte ihn mitten auf den Mund.

Nur einen winzigen Moment lang zuckte er irritiert zusammen, dann aber nahm er auch mich in die Arme und erwiderte meinen drängenden Kuss. Ich wollte jetzt nicht mit ihm reden, ich hätte nur dumm gestottert, also öffnete ich meine Lippen und küsste ihn voll mit Zunge, drückte mich dicht an ihn heran. Schauer und Gänsehaut jagten über meinen Körper, aber die hatten noch nichts zu tun mit Erregung oder Lust, sie waren einfach nur Zeichen meiner nervösen Unsicherheit, meiner Aufregung.

Oh bitte, hör jetzt nicht auf mich zu küssen!, dachte ich flehend und presste mich noch fester an ihn.

Er schmeckte nach Nikotin und Kaugummi, roch lecker nach ›Miracle‹ von Lancome oder ›Emporio‹ von Armani; ich war mir nicht ganz sicher. Der Griff seiner Hände hinter meiner Taille war fest und doch gleichzeitig zart und behutsam. Er lutschte mit spürbarem Hunger an meiner Zunge, und ich fühlte, wie mir zwischen seinen Beinen etwas gegen die Hüfte zu drücken begann. Die Berührung erregte mich, und so seltsam es auch klingen mag, diese Erregung machte mich ruhiger, sicherer. Ich drückte mein Becken dahin, wo es hart wurde, und er griff wie automatisch nach meinem Po, um mich noch ein wenig fester gegen sich zu pressen.

Mein Herz schlug schneller, aber es flatterte nicht länger. Mein Atem beruhigte sich und meine Hände hörten endlich auf zu zittern.

Das Gefühl, das sich jetzt, während wir einander gierig küssten, in mich stahl, hatte etwas von zu Hause ankommen. All meine Nervosität war verflogen. Ich war jetzt rollig. Und wenn ich rollig war, war ich selbstsicherer als normal, mutiger.

Ich löste unseren Kuss.

»Die Pension wartet«, stellte ich lächelnd fest und genoss es, zu sehen, dass *LonelyHearts* Wangen leicht gerötet und seine Augen schon ein wenig von einem Glanz überzogen waren, der seine Lust verriet. Ganz offensichtlich gefiel ich ihm. Und auch er sah in der Realität in etwa so aus, wie auf den Fotos, die er mir zugeschickt hatte. Vielleicht sogar noch ein bisschen besser.

Die erste Hürde war genommen.

»Nett, dich kennenzulernen!«, schmunzelte er. Er hatte Grübchen, ich mochte sie.

»Ganz meinerseits«, lächelte ich zurück. »Lass uns fahren!«

»So ausgehungert?«, fragte er lachend.

»Mehr als du dir jemals vorstellen kannst!«, antwortete ich wahrheitsgemäß, ließ es aber wie einen Scherz klingen.

Er öffnete mir die Beifahrertür und ich kletterte in das Cabrio.

Wir fuhren offen und das Haar wehte mir ums Gesicht. Keiner von uns beiden sagte ein Wort. Wir waren wohl beide zu scharf aufeinander, um viel sprechen zu können. Seine linke Hand hatte er direkt schon nach dem Einsteigen auf mein Knie gelegt und streichelte mit festen Fingern meinen nackten Oberschenkel ganz dreist unter dem Rock. Er wusste, dass er es durfte, dass ich es wollte, dass ich es gar nicht anders hätte haben wollen.

Wir verließen die Stadt und fuhren auf einer Landstraße in Richtung Norden. Seine Hand wurde noch dreister. Er lächelte zu mir herüber, als er sie mir bis oben zwischen die Schenkel schob.

So etwas, und schon gar nicht so sicher und selbstverständlich, hatte Flo noch nie getan, obwohl ihm die Tatsache, dass er mein fester Freund war, vielleicht das Recht dazu gegeben hätte. Wenn Flo die Initiative ergriff, dann geschah das immer geradezu höflich, mit vorsichtig fragender Berührung.

LonelyHeart aber grinste mich an, schob mein Höschen zur Seite und spielte mit seiner Fingerspitze zärtlich mit meiner nackten, frisch rasierten Haut. Ganz so, als würde er mir einfach nur den Arm auf die Schulter legen.

Es fühlte sich gut an. Die Berührung ebenso sehr, wie die Dreistigkeit, die Selbstsicherheit, die dahinter steckte. Seine Fingerspitzen ließen es unter meiner Haut kribbeln. Es war ein Kribbeln, das mir bis hoch in den Nacken, die Wangen und unter die Kopfhaut zog. Erregt sog ich die Luft tief durch die Nase ein und schloss die Augen, vielleicht auch deshalb, weil ich mich ein ganz kleines bisschen schämte.

rotwerd

»Wie weit ist es bis zur Pension?«, fragte der mir so vertraut erscheinende Fremde neben mir mit leicht vor Erregung belegter Stimme, ohne auch nur für einen Moment lang aufzuhören, mit seinen Fingerspitzen meine kribbelndes Kätzchen in kleinen kreisenden Bewegungen zu streicheln.

»Etwa noch zehn Kilometer«, antwortete ich, wobei mir das Sprechen im Moment schon ein wenig schwer fiel.

»Wunderbar!«, sagte er, ließ kurz von meinem Kätzchen ab und öffnete mit einer schnellen Bewegung den Reißverschluss seiner Hose. Dann, ehe ich überhaupt merkte, was geschah, nahm er meine rechte Hand und steckte sie sich da hinein. Ich warf erschrocken den Kopf zu ihm herum und muss wohl ziemlich dämlich ausgesehen haben, so schockiert wie ich war. Er aber grinste nur und schob seine Hand zurück zwischen meine Schenkel.

Unter normalen Umständen wäre das, was er tat, mir eine gehörige Spur zu schnell gewesen, ja wirklich zu dreist, unverfroren und unromantisch. Aber das hier waren keine normalen Umstände.

Zum einen war klar, dass wir gleich miteinander schlafen würden. Wenn es auch ein seltsames, aber nicht unangenehmes Gefühl war, dass wir es sozusagen verabredet tun würden. Zum anderen hatten er und ich schließlich schon Sex miteinander gehabt, wenn auch nur per E-Mail und am Telefon. Aber immerhin. In unserer Phantasie hatte ich mit seinem – hm, wie sollte ich ihn nennen? ... Glied, Lustpfahl, Lümmel, Schweif, Prügel, Latte? ... – mit seinem Penis schon ganz andere Sachen angestellt, als ihn nur zu streicheln.

Meine Hand fummelte sich in seine Unterhose und betastete ihn, ohne jedoch hinzusehen, dazu war ich dann doch zu scheu. Er fühlte sich warm an und trotz seiner Festigkeit geschmeidig weich. Ich konnte spüren, dass er rasiert war, ganz anders als Flo. Und er wuchs, mit einem leichten Pochen und Wippen, meinem Streicheln entgegen ...

... während *LonelyHearts* Finger, zumindest einer von ihnen, jetzt gerade in mich zu schlüpfen begann.

Die schlängelnde Berührung dieses einen Fingers schnürte mir für einige Sekunden die Luft ab. Es war ein berauschendes Gefühl. Offen fahren, den Wind im Haar, ein wachsendes männliches Glied in den Fingern und eine fremde Männerhand zwischen meinen Schenkeln, die sich inzwischen bereitwillig geteilt hatten.

Ich stöhnte leise auf und fasste dabei unabsichtlich fester zu. Auch *LonelyHeart* stöhnte. Er war jetzt hart, und wie durch einen uralten Instinkt war jetzt all mein Denken, meine Lust und mein Wille auf ihn konzentriert. Ich hätte mich am liebsten direkt von ihm nehmen, mir dieses feste Stück Fleisch zwischen die Beine schieben lassen wollen. Aber sein Finger war ein guter Ersatz.

Er drehte ihn in mir hin und her, streichelte mich innen mit sanftem Druck. Ohne, dass ich es beeinflussen konnte, begann mein Kätzchen an ihm zu saugen.

Nun war es völlig um meinen Verstand geschehen.

Ich legte mein rechtes Bein noch weiter nach außen und zog mein linkes Knie hoch, sodass ich den Fuß nun auf den Sitz stellen konnte. Der Fahrtwind wehte mir zwischen die Schenkel, kühlte mich dort, wo es immer heißer, immer hungriger wurde durch die kreisenden, drängenden Berührungen seines Fingers in meiner Nässe.

Unwillkürlich passte ich die Bewegungen meiner Hand, die sein Glied massierte, dem Rhythmus seines Fingers an, streichelte ihn ... knetete ... neckte den Schaft mit meinen Fingernägeln und lächelte versonnen, wenn er aufstöhnte; wenn ich merkte, dass ich ihm ebenso gut tat, wie er mir. Am liebsten hätte ich mit der Linken meine Brust gestreichelt, da sie nun ebenfalls stark zu kribbeln begann. Aber ich traute mich nicht, wollte nicht zu schlampenhaft auf *LonelyHeart* wirken.

Sein Streicheln war nicht aufdringlich … fühlte sich nicht zielgerichtet an, nicht so zweckmäßig wie bei Flo. *LonelyHeart* streichelte mich nicht, um mich auf den Sex vorzubereiten oder mich zum Kommen zu bringen … er streichelte mich einfach nur, um zu spielen. Und so tat ich es mit seinem besten Stück.

Ganz locker in und an meinem Kätzchen gefingert zu werden, während ich ebenfalls entspannt, soweit man meinen Zustand wirklich entspannt nennen konnte, und gelassen rummachen durfte, ohne es einfach nur als Vorbereitung auf den Akt zu tun; ich glaube, das war das erste wirkliche Vorspiel meines Lebens. Und Gelassenheit war genau das richtige Wort dafür. Wir waren erregt und wir waren berauscht, aber weder er noch ich waren hektisch … und obwohl wir beide gierig waren, entsprach es nicht der Art von Gier, die sich auf ein Später richtete, sondern die Gier auf das Jetzt. Ich verspürte, anders als im ersten Moment, keine Lust darauf, genommen zu werden oder zu kommen, nein, ich war verrückt danach, gestreichelt, gefingert zu werden, und auch, selber zu streicheln, zu necken, zu verwöhnen …

Ich schloss lächelnd die Augen, lehnte mich zurück und wünschte mir, dass diese Fahrt niemals aufhören würde.

Dann machte ich etwas, was ich ebenfalls noch nie gemacht hatte – und ich würde im Laufe des Tages und der kommenden Nacht noch so einiges tun, was ich mich vorher nie zu tun getraut hatte – ich hörte auf, mit geschlossenen, wenn auch lächelnden Lippen, die Zähne erregt aufeinanderzubeißen und öffnete meinen Mund. Das heißt, ich ließ einfach nur meinen Unterkiefer herabhängen und gab meinem immer schwerer werdenden und bis jetzt unterdrückten Atem aus tiefster Kehle, ganz unten aus der Brust und dem Bauch heraus, freien Lauf … und begann, im Rhythmus seines Fingerns zu stöhnen.

Flo mochte es nicht, wenn ich laut wurde. Zu oft hatten wir es im Haus seiner oder meiner Eltern getan, und jedes Mal, wenn ich auch nur etwas lauter geseufzt hatte, hatte er innegehalten, um mich zu ermahnen, leise zu bleiben. Das hatte ganz schnell dazu geführt, dass ich mich immer von Anfang an darauf konzentrierte, ja keinen Mucks von mir zu geben.

Heute war es anders. *LonelyHeart* und ich fuhren durch einen menschenleeren Wald. Niemand würde mich hören können.

Allein diese Erkenntnis entlockte mir ein noch viel tieferes, viel freieres Stöhnen.

Ja, ich stöhnte zum ersten Mal in meinem Leben im Alter von einundzwanzig Jahren auf dem Beifahrersitz eines fast völlig Fremden, der seinen inzwischen klatschnassen Finger in mir bewegte und dessen Glied ich gerade schön von oben nach unten streichelte.

***

Viel zu schnell für meine neu erworbene Freiheit erreichten wir die Pension im Wald. Trotzdem freute ich mich auf das, was jetzt kommen sollte. *LonelyHeart* zog seinen Finger aus mir heraus und strich mein Kleid glatt, als wir auf den Parkplatz fuhren. Dann erst stopfte er sein bestes Stück zurück in die Hose und wir stiegen aus.

Ich war mir sicher, dass die Pensionsinhaberin, eine ältere Dame Mitte sechzig, uns an den erhitzten Gesichtern ablesen konnte, dass wir gerade für ein paar Minuten unanständig gewesen waren und dass wir das Zimmer bei ihr einzig und allein zu dem Zweck gemietet hatten, jetzt gleich noch viel unanständiger zu werden.

Sie begrüßte uns lächelnd, und ich senkte wie ertappt den Blick, wobei ich fühlte, dass ich noch röter wurde. Aber scheinbar waren wir nicht die ersten Gäste in ihrem Pensionsinhaberinnenleben, die ihr Haus nur deshalb aufsuchten, um sich hier miteinander zu vergnügen. Freundlich ging sie über meine Schüchternheit hinweg.

»Wir sind heute so gut wie leer«, sagte sie. »Deshalb gebe ich Ihnen beiden das kleine Appartement unter dem Dach zum Preis des reservierten Doppelzimmers. Da oben sind Sie ungestörter.«

Sie hatte uns durchschaut!

nochröterwerd

Wir ließen uns von ihr nach oben führen. Die ganze Zeit über hatte ich das nicht wirklich unbegründete Gefühl, etwas Verbotenes zu tun. Und ich muss zugeben, dass mich das noch rolliger machte, mich noch mehr erregte.

Dann betraten wir unser kleines Reich.

Das Appartement bestand aus einem recht geräumigen Wohnzimmer mit Sofa und zwei großen Polstersesseln, einem kleinen Bad, in dem es leider keine Wanne, sondern nur eine Dusche gab, und einem rustikal eingerichteten Schlafzimmer mit großem Pfostenbett und Balkon zum Wald hin.

»Bitte, fühlen Sie sich ganz wie zu Hause«, sagte sie, reichte *LonelyHeart* den Schlüssel und verabschiedete sich lächelnd.

Wie ausgehungert fielen wir übereinander her, sobald die Tür ins Schloss gefallen war!

Wild knutschend riss *LonelyHeart* mir das Kleid vom Leib, dann den BH, dann den Slip.

Für einen kurzen Moment war es um unsere Gelassenheit von vorhin geschehen, und ich gebe zu, für genau diesen Moment hatte ich, obwohl ich furchtbar gierig und rollig war, auch ein klein wenig Angst. Sehr viel Angst sogar. Angst vor seiner Wildheit, Angst vor seiner Direktheit, Angst davor, dass hier vielleicht Dinge geschehen würden, die ich nicht zulassen wollen würde, auch wenn mir nicht klar bewusst war, was das sein konnte.

Ich hörte auf, mich zu bewegen, stand wie erstarrt da.

LonelyHeart merkte es, reagierte sofort. Er ließ von mir ab und lächelte, nahm meine Hand.

»Hab keine Angst«, sagte er. »Hier wird nichts geschehen, was du nicht selber willst. Aber vieles, wonach du dich sehnst.« Er küsste zärtlich meine Stirn, meine Schläfen und meine Wangen. Als seine Lippen schließlich wieder bei meinem Mund angelangt waren, hatte ich mich wieder völlig beruhigt.

»Zieh mich aus«, flüsterte er mir ins Ohr. Ich schaute ihm in seine grünen Augen und lächelte. Dann griff ich unter sein Shirt und schob es nach oben. Das Gefühl seiner nackten Haut unter meinen darübergleitenden Handflächen elektrisierte mich, und zum zweiten Mal an diesem Tag, nach unserer Begrüßung am Bahnhof, sog ich genießerisch seinen Duft durch die Nase tief in mich hinein.

Er roch gut, und ich fühlte mich wohl.

Ich zog ihm das Shirt aus, küsste zärtlich seine Brust, seinen Hals.

Seine Finger berührten mich an den nackten Seiten, streichelten an meinen Brüsten und an meinen Schultern hoch, während ich seine Hose öffnete und sie nach unten streifte.

Plötzlich war sie wieder da, diese wundervolle, vor Erregung berstende Gelassenheit, die mein Herz schneller und kräftiger schlagen und mein Atmen so viel tiefer und bewusster werden ließ.

LonelyHeart kletterte aus seinen Schuhen und Strümpfen und schlüpfte aus der Hose. Dann trat er, dabei meine beiden Hände haltend, einen Schritt zurück, um mich zu betrachten.

Und ich betrachtete ihn.

Sein dunkelblonder Wuschelschopf war inzwischen noch

verwuschelter als ohnehin schon, seine Augen leuchteten lebendig, als sie mich von oben bis unten scannten, was seine schönen Lippen besonders breit lächeln ließ. Ihm gefiel, was er sah. Seine Schultern waren breit und gerade, seine Brust angenehm trainiert, so wie auch sein Bauch – kein Sixpack, aber flach. Die Beine waren am besten trainiert, vermutlich joggte er regelmäßig oder fuhr Fahrrad.

Wieder wurde ich leicht schüchtern. Denn die ganze Zeit hatte ich bewusst vermieden, ihm zwischen die Beine zu schauen. Fast wünschte ich mir jetzt ein bisschen, es wäre wie bei Flo: Licht aus und anfangen. Aber ich wollte es ja anders, als ich es mit Flo hatte. Also zwang ich mich, hinzusehen.

Er stand leicht nach oben gekrümmt von seinem Körper ab, war, wie ich vorhin erfühlt hatte, gänzlich rasiert und schien mir zuzunicken.

»Gefällt er dir?«

Oh ja, er gefiel mir! Er war kleiner als der von Flo ... was, nahm ich an, nicht so schwer war, weil der von Flo wirklich riesig war. Oftmals zu riesig für mein enges Kätzchen. Aber er sah reiner aus, vielleicht weil er rasiert war, vielleicht weil er in der Farbe heller war, und härter.

Ich nickte nur. Ich war viel zu erregt, um etwas sagen zu können. Ich wollte nicht, dass ich stotterte oder krächzte.

»Dann küss ihn, süße Prinzessin«, forderte er mich lächelnd auf. Einfach so.

Schamröte und Erregung zugleich schossen mir in den Kopf.

Ich hatte noch nie den Penis eines Mannes in den Mund genommen. Klar hatte ich davon gehört, dass man das wohl so tat. Die Meinungen meiner Freundinnen darüber waren geteilt. Die einen taten es, um dem Mann einen Gefallen zu tun, die anderen, weil es ihnen selbst sehr viel Spaß machte und es sie zusätzlich erregte. Ich selbst hatte es noch nie getan, zwar schon oft darüber nachgedacht, wie es sich wohl anfühlen und ob es mir gefallen würde, aber nie ausprobiert. Flo hatte mich nie darum gebeten oder es verlangt. Deshalb nahm ich an, dass er es nicht wollte. Und wenn er es nicht wollte, wollte ich es auch nicht unaufgefordert tun, um bei ihm nicht den Eindruck zu erwecken, versaut und verdorben zu sein.

Aber gereizt hatte es mich seit Jahren.

Und jetzt endlich sollte ich ... durfte ich.

LonelyHeart küsste mich auf den Mund, streichelte meine Brust ... und dann stand er wartend da. Nicht ungeduldig wartend, nein, lächelnd.

Das Herz schlug mir bis zum Hals.

Ich griff nach unten, fasste ihn an, vielleicht, um ihn mir vertrauter zu machen ... um meine Angst zu verlieren. Gut fühlte er sich an – warm, hart, samtig, glatt. Mit der anderen Hand fasste ich nach seinen Hoden, streichelte sie mit den Fingerspitzen. *LonelyHeart* schloss genussvoll die Augen, atmete tief ein.

Diesen Moment hatte ich gebraucht. Das Schließen seiner Augen. Ich fühlte mich nicht beobachtet, fast so, als wäre ich allein im Raum. Allein mit einem Dessert von dem zu naschen man mir verboten hatte ... und das ich deshalb doppelt so sehr wollte.

Ich sank in die Knie, ohne ihn mit den Händen loszulassen, küsste dabei seine Schulter, seine Brust, seinen Bauch.

Jetzt schwebte sie vor mir, seine Männlichkeit, nach Duschgel duftend und prall. Ich nahm seine Vorhaut zwischen Daumen und Zeigefinger und zog sie behutsam langsam zurück.

LonelyHeart stieß einen kleinen, tiefen Lustseufzer aus.

Seine Eichel war rosarot und glatt, appetitlich wie eine Kirsche auf einem Sahneklecks. Ganz vorsichtig, so als würde die Welt untergehen, wenn ich etwas falsch machte, küsste ich sie mit spitzen Lippen. Es war ein kurzer Kuss, ein leichter, fast nur eine flüchtige Berührung. Aber diese kleine Berührung, dieser winzige Kuss, nahm mir mit einem Mal all die Angst, die ich hatte, die Schüchternheit, die mich bremste.

Ich fühlte mich als Frau, wie nie zuvor.

Ich küsste ihn noch einmal, ganz leicht.

Dann noch einmal, etwas fester.

LonelyHeart knurrte zufrieden.

Jetzt streckte ich meine Zunge heraus, leckte darüber – er schmeckte mir!

Ich öffnete die Lippen ein Stückchen weiter, schob meinen Kopf nach vorn und nahm ihn in den Mund. Mir wurde rosa vor Augen vor süßer, überall kribbelnder Lust. Meine Brust hob und senkte sich nun schneller, als noch wenige Augenblicke zuvor, und ich begann, sachte zu saugen, wie an einem sehr, sehr großen Strohhalm. Nur, dass dieser Strohhalm warm und lebendig war ... ich konnte das pulsierende Blut darin in meinen Lippen pochen fühlen.

Es war wie Küssen ... geschah ohne weiteres Nachdenken – instinktiv. Ich lutschte und saugte, leckte und knabberte.

LonelyHeart stöhnte auf, legte die Hand auf meinen Kopf und streichelte mein Haar. Ich fühlte, wie mich das Spiel meiner Zunge und meiner Lippen an seinem Penis selbst mehr und mehr rollig machte, wie das Blut mir in den Unterleib schoss, so wie vorhin, als er mich mit seinem Finger erobert hatte. Am liebsten hätte ich jetzt mit meiner Hand nach unten gefasst, zwischen meine eigenen Beine, um mich zu streicheln, um das Kribbeln in meinem Kätzchen zu besänftigen. Aber ich traute mich nicht.

»Oh jaa!«, seufzte *LonelyHeart.* »Du machst das gut. Du machst das sooo guuuut!«

Freute mich zu hören!

grins

Also machte ich weiter ... und überließ mich dabei mehr und mehr ganz dem Takt meines eigenen Rausches. Mein Lecken wurde drängender, mein Saugen fester. Meine Finger schlossen sich unten um seinen Schaft, und ich versuchte, wie weit ich ihn wohl hineinbekommen würde in meinen Mund. Nach der Hälfte röchelte ich und zog den Kopf wieder ein Stück zurück.

Es machte mich wahnsinnig!

Im herrlichsten aller Sinne wahnsinnig.

Ich vergaß alles um mich herum. Alles, bis auf dieses wundervoll harte Stück Fleisch zwischen meinen inzwischen glühenden Lippen, das ich jetzt mal fest, mal weniger fest umschloss und küssend und hungrig lutschend massierte.

»Wenn du so weitermachst, komme ich gleich!«, lachte *LonelyHeart* rau.

In diesem Moment war es genau das, was ich wollte! Sozusagen als Belohnung für meine Arbeit, die mir doch in Wahrheit ein Vergnügen war.

Aber er wollte nicht.

Er entwand sich mir und zog mich auf die Füße hoch, nahm mich fest in den Arm und küsste mich fordernd. Sein Glied drückte hart gegen meinen Bauch, in meinem Schoß zuckte es. Ich lutschte an seiner Zunge, wie eben noch an seinem besten Stück; hungrig, saugend. Er hatte eine meiner Brüste in der Hand und quetschte sie kraftvoll, sodass es mir nun ein Stöhnen entlockte.

Dann lag ich plötzlich auf dem Bett, die Beine weit gespreizt,

LonelyHearts Kopf zwischen meinen Schenkeln. Und so, wie ich ihn gerade verwöhnt hatte, verwöhnte er nun mich ... mit seinen Lippen, seiner Zunge.

Auch das hatte bisher noch kein Mann mit mir gemacht! Und es war das Schönste, was ich in Sachen Sex bis hierhin jemals erlebt hatte!

Er hielt meine Brüste gepackt, streichelte sie mit den Fingerspitzen seiner starken Hände und leckte mein Kätzchen!

Ich drehte durch!

Wie von selbst flog mein Kopf weit in den Nacken zurück, und ich quiekte laut auf, ohne es verhindern zu können.

Es war geil!

Ich fühlte, wie er seine Zunge in und gegen mich drängte, sie an mir auf- und abschlängelte, in mich bohrte, über mich tanzen ließ.

Aus meinem erschreckt erregten Quieken wurde ein tiefes, wollüstiges Stöhnen. Ich fasste nach unten in sein Haar, presste seinen Kopf noch fester zwischen meine Schenkel, und mein Becken seinem Mund entgegen.

Mir war, als müsste ich laut und hysterisch auflachen. Es kitzelte und geilte mich zugleich wahnsinnig auf. Mein ganzer Körper begann zu zittern, während die Spitzen meiner Brüste zwischen *LonelyHearts* spielenden Fingern immer härter und mein Kätzchen unter seiner gierigen Leckattacke immer nasser und heißer wurde.

Er legte sich meine Waden auf die Schultern, und ich verschränkte meine Fersen hinter seinem Rücken, bäumte mich ihm entgegen, drückte mein Kätzchen kreisend an sein Gesicht. Sein Kinn war hart zwischen meinen Schenkeln, aber sein Mund war weich, weich und hungrig. Ich konnte ihn schlecken hören, biss fest in eins der Kissen, um nicht zu laut zu werden.

Dann plötzlich ...

... packte er mich bei der Hüfte und warf mich herum, sodass ich nun mit dem Bauch nach unten vor ihm auf dem Bett lag. Er zog mich hoch auf Knie und Hände – und ich hätte fast aufgelacht vor Glück, weil Flo auch das noch nie getan hatte. Flo hatte mich noch nie von hinten genommen. Ihm war die Missionarsstellung immer genug.

Tief und fest spießte sich *LonelyHearts* Glied von hinten in mein enges, vor angestauter Lust brennendes Kätzchen.

Sein Fleisch grub sich drängend in mich hinein, dehnte mich ... füllte mich aus.

Ich schrie auf vor Geilheit und Wollust und drückte mein glühendes Gesicht zurück ins Kissen, um hineinzubeißen, damit ich nicht gleich das ganze Haus zusammenschrie.

Doch *LonelyHeart* nahm mir das Kissen mit einer schnellen Bewegung weg.

»Hier – kann – uns – nie-mand – hö-ren!«, versicherte er mit fester Stimme im Takt seiner gleichmäßig und kraftvoll ausgeführten Stöße ...

... und ich schrie!

Es war unbeschreiblich schön!

Er hatte mich im Nacken und am Po gepackt – feste Finger in meinem Fleisch – und rammte seine Kraft, nicht hektisch zappelnd und unkontrolliert fahrig wie Flo, sondern gelassen und in einem stetigen, harmonischen Rhythmus, im wahrsten Sinne des Wortes, in das Zentrum all meiner Lust.

Dabei drückte er sein Glied so geschickt in mir hin und her, ließ es im Hineinstoßen und Herausgleiten so gezielt kreisen und auf- und abwippen, dass es jede Stelle in mir traf, die mir Lust bereitete.

Eins fühlte ich ganz sicher, ganz klar: Dieser fremde Mann,

dieser *LonelyHeart*, nahm mich, um mir Freude zu bereiten, um mir gutzutun. Nicht wie Flo, um sich in erster Linie selbst zu erleichtern.

Von seinem pochenden und pulsenden Glied aufgespießt, fühlte ich mich wie ein williges Opfer auf dem Altar der Lust, fühlte die stumme ehrfurchtsvolle Anbetung des Mannes, der hinter mir kniete.

Dieses Pochen und Pulsen ergriff von mir Besitz strömte von meinem Kätzchen aus hinein in meinen Unterleib, meinen Bauch ... meinen Rücken ... meine vor- und zurückschwingenden Brüste ... meinen Nacken ... meine Wangen und Schläfen ... sammelte sich hinter meinen geschlossenen Augen als wilder, roter Rausch, durchtränkt von tausenden bunt blitzender Sterne.

Ich fühlte mich wie mein eigenes schnell und immer schneller schlagendes Herz ...

... und ich spürte, dass es mir gleich kommen würde. Dass gleich, vielleicht noch ein paar seiner mächtigen Stöße in mein nasses und doch brennendes Fleisch hinein, der Damm brechen und ich von innen heraus berstend ins Nichts fortgerissen werden würde.

»Ich komme!«, wagte ich zum ersten Mal in meinem Leben auszusprechen, was ich in dieser Sekunde kurz vor dem Überschnappen fühlte ...

... und sein Griff in meinem Nacken, dort wo es am meisten rauschte, wurde fester, und auch seine Stöße wurden fester ...

... und der Schlag meines Herzens wurde fester ...

... fester ...

... fester ...

... FESTER!!!

»Jaaaaaaaaaaaaaaaah!«, brach es aus mir heraus ...

… und …

»Jaaa!«, hörte ich auch *LonelyHeart* durch einen dicken, wattigen Nebel hindurch ausstoßen.

Dann war alles nur noch Aufbäumen … Verkrampfen … Zucken … Pressen … Beben … Keuchen … Sterne tanzen sehen und kraftloses Zusammenbrechen.

Ich war im Himmel!

***

LonelyHeart liebte mich noch zwei Mal an diesem Tag. Ein Mal davon in der viel zu kleinen Dusche, was aber trotzdem einen Riesenspaß machte.

Dann erst, es war schon tiefe Nacht, gingen wir schlafen und schlüpften gemeinsam unter eine der Decken. Er nahm mich, so viel zärtlicher und behütender als Flo es jemals getan hatte, in seine Arme und küsste mich zärtlich auf den Mund. Ich fühlte, dass die Decke in seinem Rücken nicht ausreichte und befürchtete, dass er, der Mann, der mir so viel Freude bereitet hatte, frieren würde. Denn die Tage dieses Frühsommers waren zwar herrlich heiß, aber in den Nächten kühlte es noch immer merklich ab. So drückte ich die Decke behutsam hinter ihm bis auf die Matratze herunter, dass er es auch ja schön warm und gemütlich hatte.

In diesem Moment schaute er mich ganz seltsam an. Seine Augen leuchteten für eine kurze Sekunde auf, ehe er sie schloss und sein warmes Gesicht an meinen Hals kuschelte.

»Gute Nacht, meine süße Prinzessin!«, flüsterte er mit merkwürdig belegter Stimme.

»Gute Nacht, einsames Herz!«, flüsterte auch ich, angenehm entspannt und zutiefst befriedigt.

Dann schlief ich ein.

***

Am nächsten Morgen liebte *LonelyHeart* mich noch einmal ausgiebig, doch diesmal so viel zärtlicher, als am Tag zuvor.

Danach schmeckte das reichhaltige üppige Frühstück, das uns die Pensionswirtin wissend lächelnd auf der sonnigen Terrasse servierte, dreimal so gut.

Auf der viel zu kurzen Fahrt nach Liverpool zurück, hielt *LonelyHeart* die ganze Zeit über meine Hand und lächelte mich hin und wieder strahlend an. Seine grünen Augen funkelten.

Ich hatte ihn gefunden, den Mann, der mir das gab, was Flo mir nicht geben konnte, der den Hunger stillte, den Flo nicht zu stillen in der Lage oder willens war. Den Mann, der mir das Einzige, was mir in meiner ansonsten gut funktionierenden Beziehung fehlte, schenkte.

Mit Flo zusammenzusein und mich mit *LonelyHeart* hin und wieder zu treffen, um guten, erfüllenden Sex zu haben, die Vorstellung gefiel mir. Das wünschte ich mir.

Aber es sollte anders kommen …

5. Flo

Flo wieder gegenüberzutreten, war weniger kritisch, als ich befürchtet hatte, obwohl ich mir selbst den ganzen Tag über deswegen einen Heidenstress gemacht hatte. Schließlich war ich fremdgegangen. Und so, wie ich mir gestern auf der Bahnhofstreppe sitzend eingebildet hatte, mir könnte jeder mein verdorbenes, sündiges Vorhaben vom Gesicht ablesen, so glaubte ich auch jetzt, als ich am Abend zu ihm ging, um ihn für eine Party abzuholen, dass mir »Frisch gefickt!« auf der Stirn stehen würde, oder eher noch »Frisch fremdgegangen!«.

Aber ein paar Freunde Flos, die mit uns auf die Party gehen würden, waren zum Glück schon da und waren voll und ganz mit der Playstation beschäftigt und damit, irgendwelche Aliens abzuballern, sodass meine Ankunft eigentlich keinem großartig auffiel.

Zum Glück! Denn so kam ich, wie auch später auf der Party, um ein Zuviel an Aufmerksamkeit von Seiten Flos, glimpflich herum.

Nach der Party, Flo hatte ein bisschen was über den Durst getrunken, gingen wir zu ihm nach Hause. Wir wohnten, obwohl wir schon so lange ein Paar waren, nicht zusammen, weil Flo meinte, getrennte Wohnungen seien sinnvoller, damit sich jeder von uns besser auf sein Studium konzentrieren konnte.

Eigentlich hätte ich heute Nacht lieber allein bei mir zu Hause geschlafen, aber Flo wollte, dass ich mit ihm kam.

Der Sex war kurz – diesmal war ich froh darüber – und Flo schlief gleich danach ein. Ich lag noch ein wenig wach, ließ die Begegnung mit *LonelyHeart* erneut vor meinem geistigen Auge Revue passieren, wobei ich mich versonnen selbst streichelte und neben dem schlafenden Flo süß flüsternd kam. Ich nahm mir vor, *LonelyHeart* am nächsten Tag anzurufen, um ein zweites Treffen zu verabreden.

Ich hatte Blut geleckt.

grins

***

Doch es gab kein zweites Treffen mit *LonelyHeart*. Zumindest nicht für eine lange Zeit.

Als ich am nächsten Tag nach Hause kam, schaltete ich zuerst meinen Computer ein, um meine E-Mails und Chat-Messages abzurufen.

Mein Herz hüpfte, als ich sah, dass eine davon von *LonelyHeart* war. Ich öffnete sie.

meine süße kleine prinzessin!

*es ist etwas geschehen, wovon ich nicht geglaubt habe, dass es geschehen könnte ... keine sorge – es ist etwas wunderbares ... *lächel* ... ich habe mich verliebt ... verliebt in dich, du wundervolle frau ... ich, der ich geglaubt habe, keine liebe mehr zu finden ... ich, der ich die vergangenen jahre so verdammt abgebrüht und gleichgültig war ... ich habe mich berühren lassen von der süßesten seele, der ich jemals begegnet bin ... von dir, sweet_princess ... schon als ich dir auf dem bahnhof gegenübergestanden hatte und du mir so mutig entgegenkamst, war ich sehr angenehm überrascht ... und unser sex in der pension war einfach umwerfend*

... aber so richtig geschehen um mich war es erst, als du mich nachts zugedeckt hast, damit ich nicht friere ... mit dieser kleinen fürsorglichen und liebevollen geste hast du mein einsames herz wieder zum schlagen, ja zum brennen gebracht und für dich gewonnen ... ich liebe dich!!! ... das mag dir schnell vorkommen und vielleicht überstürzt, aber es ist so ... ich weiß, wie sich liebe anfühlt ... und von heute an gehört meine liebe dir ... dir ganz allein ... sei mein und lass mich dir die welt zu füßen legen ...

... süße, süße prinzessin

So eine Scheiße!!!

Nicht, dass es mich nicht gerührt hatte, was ich da las oder dass ich mich nicht geschmeichelt gefühlt hätte, weil es mir so mir nichts, dir nichts gelungen war, ein kalt geglaubtes Herz wieder zu wärmen.

Nicht, dass ich mich nicht ebenfalls sehr hingezogen fühlte zu dem Mann, der mir diese wundervollen Stunden beschert hatte. Aber das war nicht, was ich wollte. Er hatte versprochen, dass es zwischen ihm und mir nur um Sex ging – er hatte es so oft betont!

Ich liebte Flo!

Und würde mich für niemanden von ihm trennen. Wir waren jetzt schon seit vier Jahren zusammen und glücklich miteinander. Wir verstanden uns. Verstanden uns sogar sehr gut, hatten die gleichen Träume von der Zukunft, teilten eine Vergangenheit, einen gemeinsamen Freundeskreis, unsere Eltern waren miteinander befreundet.

Gut, der Sex mit Flo war nicht berauschend. Deshalb hatte ich mich ja mit *LonelyHeart* getroffen. Aber eben nur für den Sex. Ich wollte nicht von ihm geliebt werden. Begehrt ja. Gemocht natürlich. Befriedigt auf jeden Fall. Aber geliebt? Nein!

Ich löschte seine Nachricht, ohne zu antworten.

Es war nicht schön, was ich tat, und es fühlte sich auch nicht gut an, aber ich konnte nicht anders ...

6. Der_Kavalier

Mit dem Treffen *LonelyHearts* hatte ich eine Grenze überschritten, von der ich niemals geglaubt hätte, sie zu übertreten. Ich hatte mit einem anderen Mann geschlafen als dem, mit dem ich zusammen war. Und es hatte mir gefallen. Sehr gefallen sogar! Ich hatte Blut geleckt. Mein Hunger war geweckt. Und Flo machte wirklich keinerlei Anstalten, ihn auch nur annähernd stillen zu wollen.

Wenn es nach mir gegangen wäre, hätte ich mich sofort wieder heimlich mit *LonelyHeart* getroffen. Aber das versprach durch seine plötzlichen und unerwartet aufgetretenen Gefühle für mich kompliziert zu werden und vielleicht sogar eine Gefahr für meine Beziehung zu Flo ... und allein schon deshalb inakzeptabel. Also musste jemand anderes her. Und den im Internet zu finden, war, wie ich inzwischen gemerkt hatte, alles andere als schwer.

Mein zweites Rendezvous hatte ich daher schon wenige Tage später mit einem Chatter, dessen Nickname – Pseudonym – er *der_Kavalier* nannte. Er war siebenundzwanzig und sah extrem gut aus. Etwa eins neunzig groß, schlank, dunkle Haare, dunkle Augen und dunkler Teint. Er trug einen kleinen Kinnbart, ein bisschen Marke Latin-Lover.

Er hatte mich angeschrieben, um mir zu sagen, wie schön er mich findet; ich hatte inzwischen eines von den Fotos, die

Flo von mir gemacht hatte, in mein Profil gestellt. Nun, ich weiß, dass ich ganz passabel aussehe, na ja, eigentlich weiß ich, dass ich sogar ziemlich gut aussehe, aber welche Frau hört es nicht trotzdem gern noch mal aus dem Mund eines Mannes?! Er hatte mich gleich in der ersten Nachricht gefragt, ob ich Lust hätte, ihn am Freitagabend in die Oper zu begleiten.

Die meisten Jungs schreiben in ihrer ersten Mail an mich so was wie »Hi, wie geht's?« oder »Du bist aber ganz schön sexy!« oder »Poppen?!?« ... also nichts auf Anhieb wirklich Spannendes.

Aber *der_Kavalier* hatte geschrieben:

Zauberhafte Prinzessin!

Ich wünsche einer ganz besonders bezaubernden Dame einen wunderschönen guten Abend. Sehr wohl befürchtend, vielleicht zu forsch zu erscheinen und mit der Tür ins Haus zu fallen, möchte ich dennoch die Chance und die Gelegenheit nicht versäumen, Euch zu fragen, ob Euch vielleicht der Sinn danach stehen könnte, mich, Euren untertänigsten Diener, am kommenden Freitagabend in die Oper zu begleiten. Es wird dargeboten: Verdis ›Othello‹. Ich habe uns eine kleine Loge reserviert, in der wir uns ungestört dem Genuss der Musik und der Atmosphäre hingeben können. Darf ich mit Eurem Erscheinen rechnen? Bitte ruft mich an, wann immer Ihr wollt. Meine Telefonnummer: xxxxx

WOW!

Okay, ganz schön schwulstig und übertrieben, aber stilvoll, das musste man ihm lassen. Und trotzdem sehr direkt.

Eine Einladung zur Oper, ohne vorher auch nur ein Wort mit mir gewechselt zu haben. Also ein Treffen mit einem völlig Fremden, mit jemandem, mit dem ich nicht, wie mit *Lone-*

lyHeart, vorher ausgiebig geschrieben und telefoniert hatte. Auf neutralem, unbedenklichem und trotzdem romantischem Terrain. Mit einem Mann, der aussah wie eine Mischung aus Johnny Depp, Antonio Banderas und Enrique Iglesias ...

Ich sagte zu.

Wir telefonierten nur einmal, und ich hatte ein gutes Gefühl bei dem Telefonat; angenehme, tiefe Stimme und eine sehr freundliche, kavalierhafte Art. Er bat mich, für unser Treffen dem Anlass entsprechend, ein Abendkleid anzuziehen, was ich nur zu gern tat. Denn wann hat man dazu schon Gelegenheit?

Ich war noch nie in einer Oper gewesen und war sehr gespannt. Aber bei weitem nicht nur darauf. Auch auf ihn, den Kavalier, und darauf, was der Abend außer Musik wohl noch bringen würde. Keiner von uns hatte explizit über Sex gesprochen, aber es war klar, dass es darum gehen würde. Schließlich stand in meinem Profil ja, dass ich liiert, aber sexuell unausgelastet war.

Ich musste schmunzeln, als ich darüber nachdachte, dass ich dieses Profil ja eigentlich gar nicht angelegt hatte, um damit Männer zu suchen, sondern einzig und allein, weil ich Arnie einen Brief hatte schreiben wollen, was ohne Profil nicht gegangen war. Seitdem hatte ich den Text in diesem Profil nicht geändert. Ich ging also davon aus, dass *der_Kavalier* mich angeschrieben hatte, weil ich darin behauptete, sexuell nicht ausgelastet zu sein.

Sicherheitshalber rasierte ich mich frisch und zog unter das schwarze enganliegende Abendkleid besonders schöne Dessous; BH und String aus schwarzer und roter Spitze ... ein wenig mexikanisches Ambiente für den Latin-Lover ... hohe Pumps und halterlose schwarze Strümpfe. Man weiß ja nie ...

lächel

Als ich vor dem Spiegel stand, um mir das Haar hochzustecken, damit mein Nacken und die Perlenkette, die ich zu dem Kleid anziehen wollte, besser zur Geltung kamen, klingelte das Telefon.

Flo wollte vorbeikommen!

Er wollte mit mir ins Kino und dann irgendwohin Essen gehen. Ganz offensichtlich hatte er ein schlechtes Gewissen, dass er mich in letzter Zeit ein wenig vernachlässigt hatte. Schade, dass er solche Einladungen nie einfach so aussprach, immer nur, wenn er glaubte, etwas gutmachen zu müssen.

Ich log, dass ich ganz fürchterliche Kopfschmerzen hätte und jetzt gleich ins Bett gehen würde, dass ich mich aber morgen ganz bestimmt bei ihm melden würde, damit wir was zusammen unternehmen konnten. Er gab sich, wenn auch ein wenig maulend, damit zufrieden und legte auf.

Ich hatte schon ein bisschen schlechtes Gefühl deswegen. Aber kein schlechtes Gewissen in dem Sinne, weil ich tat, was ich tat: mich mit einem anderen Mann zu treffen und mich mit ihm zu vergnügen. Schließlich war es Flo, der mich vernachlässigte und mich irgendwie als ein Bauteilchen in seinem Plan vom Leben und der Zukunft behandelte, nicht wie eine Frau und Geliebte.

Nein, das schlechte Gefühl, das ich hatte, bezog sich eher darauf, ihn anlügen zu müssen, obwohl ich mir doch nur das holte, worauf ich sicher war, einen Anspruch zu haben. Und Flo hatte in den vergangenen Jahren weit mehr als nur eine Chance gehabt, mir das zu geben, wonach ich mich sehnte: Romantik, Sinnlichkeit, Leidenschaft, Abenteuer, Spaß, guten Sex. War es denn wirklich so schwer, das alles mit einzubauen in ein solides, sicheres, zukunftsorientiertes Leben?

Ich schüttelte verärgert den Kopf, um mich frei zu machen von solch komplizierten Gedanken. Heute Abend war kein Abend zum Grübeln oder für schlechte Gefühle. Es war vielmehr ein Abend des Vergnügens, ein Abend der Lust ... Denn, wie schon gesagt, auch wenn er es nicht ausdrücklich ausgesprochen hatte, so ahnte ich, dass *der_Kavalier* auf Sex mit mir aus war.

Schließlich war er ein Mann. *grins*

Und so genau ich auch wusste, worauf ich mich da einließ, war ich doch ausgesprochen nervös. Oder vielleicht war ich auch so nervös, weil ich wusste, worauf ich mich da einließ. Es war nicht die gleiche, panikartige Nervosität, wie vor wenigen Tagen am Bahnhof, als ich auf *LonelyHeart* gewartet hatte. Sie war reduziert um den »soll-ich-oder-soll-ich-nicht-fremdgehen«-Faktor. Denn jetzt, da ich es schon einmal getan hatte, fiel es mir nicht schwer, es wieder zu tun. Aber nichtsdestotrotz war ich eben nervös.

***

Wir trafen uns vor der Oper.

der_Kavalier trug einen Smoking, der ihm ausgesprochen gut stand. Er sah wirklich aus wie ein spanischer Prinz oder ein südamerikanischer Haciendero; glutäugig und sexy.

Zur Begrüßung küsste er mir galant die Hand.

»Einen wunderschönen guten Abend, zauberhafte Prinzessin«, sagte er lächelnd, und so schwülstig das vielleicht in jedem anderen Moment und von jedem anderen Mann gesprochen geklungen hätte, hier vor der Oper und aus seinem schön geschwungenen Mund klang es atemberaubend.

Ich fühlte mich in diesem Moment tatsächlich wie eine echte Prinzessin, oder zumindest ein bisschen wie eine Dame der feinen Gesellschaft, und die Rolle gefiel mir.

»Guten Abend, mein fremder Kavalier«, antwortete ich,

und musste zugeben, dass ich richtiggehend rot wurde dabei und dass mein Lächeln ein scheues war.

Er hatte eine kleine lachsfarbene Orchidee mitgebracht, und ich ließ sie ihn mit seinen schlanken gebräunten Händen an mein Abendkleid anstecken, was mich allein schon ganz schön zittrig in den Beinen machte, als er mir so nahe kam ... mit diesen schönen Händen so dicht an meiner Brust. Ich konnte sein After-Shave riechen. Es war exotisch herb und zugleich süß und schwer; verheißungsvoll … und für einen kleinen Augenblick wurde mein Mund ganz trocken vor Aufregung.

Dann bot er mir seinen starken Arm und führte mich elegant ins Foyer, wo er uns zwei Gläser eisgekühlten Champagner holte und wir eine Zigarette rauchten.

Er erzählte mir, wovon die Oper handelte, aber ich hörte nur mit halbem Ohr hin. Stattdessen konzentrierte sich meine Aufmerksamkeit auf ihn, er war wirklich ausgesprochen sexy, wenn auch ein bisschen sehr distanziert in seinem korrekten Verhalten, und die Umgebung um mich herum.

Kronleuchter an der Decke, Männer im Smoking und Damen in Abendkleidern, schöne Frisuren, gedämpfte Gespräche, klingende Champagnergläser. Ein kleines Abenteuer für sich. Ich mochte es. Es ging mir gut.

Dann schlug der Gong zum Opernbeginn, und *der_Kavalier* führte mich nach oben zu unserer kleinen Loge, die tatsächlich völlig leer war. Es musste ihn ein Vermögen gekostet haben, sie für uns allein zu reservieren – und ich genoss es.

Ich nahm ganz vorn in einem der weich gepolsterten, mit rotem Samt bezogenen Sessel Platz, und er setzte sich, nach einer kleinen, formvollendeten Verbeugung, zu meiner Rechten.

Dann, nach einem weiteren tiefen Gongschlag, ging das Licht ganz langsam aus ...

... und die Musik begann.

Sie war schwer und träge. Sehr voll zwar in ihrer Harmonie und in ihrem Klang, trotzdem eher langweilig.

Aber wegen der Musik war ich ja auch eigentlich gar nicht hier. Ich lehnte mich im Sessel zurück und war gespannt, was wohl geschehen würde.

Und ich musste auch gar nicht lange warten.

Schon nach wenigen Minuten, in denen ich mich auf nichts anderes konzentrieren konnte, als auf den Mann, der neben mir saß, lag plötzlich, ganz ruhig und wie selbstverständlich dahin geführt, seine Hand auf meinem Knie. Er schaute mich dabei nicht an, nein, er schaute nach vorn zur Bühne, und sein Gesicht sah so aufmerksam aus, als würde er sich auf nichts anderes konzentrieren als auf die Musik.

Doch seine Hand strafte diesen Eindruck Lügen.

Er streichelte mich eine kleine Weile sinnlich verspielt und völlig unaufdringlich durch den Stoff hindurch. Dann rafften seine Fingerspitzen allmählich und genussvoll, bis unerträglich langsam, den Saum meines Kleides hoch und höher, und schoben ihn schließlich über meine Schenkel weiter nach oben.

Ich ließ es leise zitternd und mit dem wohlig kribbelnden Gefühl eines Kindes, das etwas Verbotenes tut, geschehen.

Die Berührung zauberte durch den dünnen Strumpf hindurch kleine Blitze unter meine Haut ...

... und mein Herz tat zwei, drei schnellere Schläge, was mich genießerisch die Luft einsaugen und für einen kleinen Moment die Augen schließen ließ.

Zärtlich langsam, so als würde er sich dabei dem Takt der schweren Musik hingeben, streichelte *der_Kavalier* mit seinen Fingern die Innenseite meines Oberschenkels auf und ab.

Auf und ab.

Auf uns ab.

Kleine, kreisende, kribbelnde Bewegungen ...

... die meine Augenlider so schwer machten, wie meinen Atem, mit dem ich mehr und mehr von dem berauschenden Duft seines exotischen After-Shaves und der deutlich fühlbaren Wärme seiner Nähe in mich aufnahm.

Das Blut floss mir dick und warm in den Unterleib, und mir wurde ganz allmählich, aber unaufhaltsam, höllisch heiß zwischen den Beinen. So unauffällig wie möglich, spreizte ich meine Schenkel ein wenig weiter.

Er verstand die schüchterne Einladung, nahm sie an, und seine Hand wanderte langsam, gaaanz langsam, herrlich langsam weiter an meinem kribbelnden Schenkel entlang nach oben.

Zentimeter für Zentimeter.

Es erschien mir eine wundervolle Ewigkeit, bis seine Finger die kleine Strecke von meinem Knie, bis hin zu meinem Slip zurückgelegt hatten und sich besonders ausgiebig mit dem Teil meines Schenkels beschäftigten, der oberhalb des halterlosen Strumpfes nackt war.

Kreisendes Streicheln.

Warme Fingerspitzen auf noch wärmerer Haut.

Verheißungsvolle Berührung.

Dann glitt sie noch höher, diese wundervolle Hand ...

... und erreichte, von mir mit einem leisen, schüchternen, aber lächelnden Seufzen begleitet, endlich, endlich, endlich ihr Ziel! Sein Mittelfinger strich mit sanftem Druck und unglaublich geschickt über die rotschwarze Spitze meines Strings.

In meinem Unterleib begann es zu zucken.

Ich lehnte mich noch mehr in dem weichen Sessel zurück, um mein Becken ein bisschen weiter nach vorn zu schieben, und er ließ sich nicht zweimal bitten.

Sein Finger schob meinen Slip zur Seite und begann, mein Kätzchen zu streicheln; zärtlich, sachte, fast weihevoll anbetend. Er strich mit der Fingerspitze über meine nacktrasierte, empfindliche Haut auf und ab, teilte mich dann in der Mitte und suchte nach meiner kleinen, rosigen Perle.

Erfolgreich.

Ich krallte die Hände in die Sessellehnen und drückte mich ihm entgegen. Die Intensität der leichten, neckenden Berührung jagte ein unglaubliches Kribbeln und Prickeln in meinen Schoß, und ich spreizte meine Beine noch ein wenig weiter, hob mein Becken für ihn an ... und musste mir gleich darauf fest auf die Unterlippe beißen, um nicht laut vor Lust aufzuschreien, als er seinen Finger langsam in mich hineinschob.

Dann fing er an, ihn in mir vor- und zurückzubewegen, hin- und herzudrücken, mich mit ihm innen zu massieren. Ich schnaufte zwischen zusammengepressten Lippen, weil ich mich nicht traute, zu stöhnen. Mein Becken zuckte vor Geilheit.

Ich zog mein Kleid ein Stück höher und schaute an mir herab, schaute zu, wie er mich fingerte, wie seine Hand zwischen meinen heiß gewordenen Schenkeln spielte und wühlte.

Ein zweiter Finger schlüpfte in mich, dehnte mich, schob sich noch tiefer, als der erste. Ich beobachtete das Spiel aus verklärten Augen heraus, biss die Zähne zusammen, um nicht laut zu werden.

Zwei Finger in mir, sein Daumen auf meinem Kitzler, um mich herum und unter uns im Parkett Menschen, die nichts merken durften ... ein umwerfendes Gefühl!

Dann glitt *der_Kavalier* vom Stuhl und kniete sich zwischen meine Beine. Er packte sie in den Kniekehlen und zog sie nach oben. Ein kurzes Lächeln, dann war sein Gesicht zwischen meinen Schenkeln verschwunden ...

… und er leckte mich exzellent!

Seine Zunge war fest und drängend, teilte meine Schamlippen mit einer kraftvollen Bewegung und rieb dann breit über meinen Kitzler. Ich biss mir in die Hand, um nicht aufschreien zu müssen.

Seine Nase drückte hart auf mein Schambein und sein Kinn gegen mein Kätzchen … seine Zunge schleckte mich mit langsamen, kraftvollen Bewegungen. Und während er mich leckte, steckte er seine Finger wieder in mich hinein.

Das brachte mich schier um den Verstand.

Alles worauf ich noch achten konnte und wollte, war meine Hand zwischen meinen Zähnen, aber der Rest von mir zerfloss, ließ sich fallen, gab sich diesem wundervollen Eroberer hin.

Er fingerte und leckte mich, wie ich schnell merkte, im Takt der Musik, rhythmisch und geduldig. Es schien mir fast, er wollte mich gar nicht zum Kommen bringen, sondern genoss ganz einfach für sich allein, was er da mit mir tat. Mir sollte es recht sein. Denn auch ich genoss.

Immer unkontrollierter zuckte mein Becken seiner Zunge und seinen Fingern entgegen, Blut und Hitze sammelten sich mehr und mehr in meinem Schoß … mit jedem Schlecker blitzte es tief in mir drin. Unwillkürlich griff ich mit meiner freien Hand nach meiner Brust, drückte sie durch das Kleid und den BH hindurch.

Meine Fersen lagen auf seinen breiten Schultern, und ich wusste, dass ich gleich kommen würde.

Ich lächelte, legte den Kopf nach hinten, die Augen hatte ich schon lange wieder geschlossen, und konzentrierte mich auf seine Zunge.

Da … im Takt der Musik geleckt und gefingert … kam es mir.

Und wie es mir kam!

Wie eine Stute, die ihren Reiter abwerfen will, bäumte ich mich, ohne es zu wollen, auf, verkrallte mich noch mehr in der Sessellehne und in meiner Brust, wollte mein Kätzchen seinem Gesicht entziehen, doch er hielt mich gut fest und leckte noch einige Male nach – ein Gefühl, das mir fast den Kopf wegschoss.

Ich zitterte am ganzen Leib, und mir war schwarz vor Augen. Es dauerte eine kleine Weile, bis ich wieder einigermaßen zur Besinnung fand.

Gerade rechtzeitig, denn mein sagenhafter Orgasmus war noch nicht einmal annähernd abgeklungen, da ging das Licht an.

Der erste Akt war vorüber. Und *der_Kavalier* saß bereits wieder auf seinem Platz ... und tat so, als wäre nichts gewesen.

Auch in der Pause im Foyer ließ er sich nichts anmerken. Ich wollte mich bedanken und schüchtern ein paar anzügliche Bemerkungen über seine Zungenfertigkeit machen, aber das schien ihm unangemessen, und er unterbrach mich, um mir wieder von der Oper zu erzählen.

Er hätte mir jetzt auch ein Telefonbuch vorlesen können, es wäre mir gerade egal gewesen. Weil ... es ging mir einfach nur gut! Wir tranken Champagner, rauchten eine Zigarette, meine Beine waren weich wie Gummi, meine Brüste wohlig prickelnd geschwollen, und mein Kätzchen schnurrte zufrieden.

Dann ertönte wieder der Gong und wir gingen zurück in die Loge.

Kaum war das Licht aus, da wollte ich mich revanchieren. Ich hatte mir in der Pause vorgenommen, meinem Kavalier einen zu blasen. Also legte ich jetzt meine Hand auf seinen Schoß und griff zärtlich zu. Doch er nahm sie behutsam wieder von da weg und schüttelte den Kopf.

Scheinbar wollte er nicht, dass ich mich revanchierte. Ich

war ein wenig irritiert. Und auch ein bisschen enttäuscht, weil ich jetzt gern an ihm genascht hätte. Dank *LonelyHeart* wusste ich ja, wie sehr es mir gefiel, einem Mann einen zu blasen.

Stattdessen aber kümmerte *der_Kavalier* sich noch einmal um mich. Aber wieder nur mit seinen Fingern und seiner Zunge. Doch was heißt hier *nur*? Es gefiel mir so sehr, dass ich etwas anderes gar nicht vermisste. Auch wenn ich schon die ganze Zeit Lust darauf hatte, richtig genommenzuwerden. Aber scheinbar war es nicht das, was *er* wollte.

Also lehnte ich mich entspannt, oder vielmehr herrlich angespannt, zurück und ließ vor Lust zitternd geschehen, was geschah.

Vier Akte lang!

lächel

***

Als ich nach Hause kam, hatte ich wieder eine Nachricht von *LonelyHeart* im Mail-Postfach:

süße prinzessin!

du hast meine nachricht unbeantwortet gelassen, und mir bleibt nichts anderes übrig, als daraus meine eigenen schlüsse zu ziehen ... aber ich will das nicht!

... ich biete dir meine seele an, prinzessin, mein herz, meine wärme und meine nähe ... meine absolut unverbindliche liebe ... nicht mehr, aber auch nicht weniger ... ich will für dich da sein – ob du nun quatschen, diskutieren, knuddeln oder einfach nur im arm gehalten werden möchtest ...

... ich habe in jener nacht mein herz an dich verschenkt ... und ich kann mir selbst nur sehr schwer erklären, wie das geschehen konnte, wo ich doch dachte, dass es nicht mehr in der lage wäre, tief zu fühlen ... vielleicht liegt es ganz einfach daran, dass

dich zu sehen, dich zu hören, dich zu schmecken und dich im arm zu halten wunderschön war, dass es sich einfach nur richtig angefühlt hat ...

... ich gehe davon aus, dass ich dich verschreckt habe mit meiner reaktion auf unsere begegnung ... dass es dich verschreckt hat, mein herz einfach so geschenkt zu bekommen ... aber ich hatte keine andere wahl, verstehst du?

... ich will weder aufdringlich sein noch einengend, will nichts fordern, was du nicht bereit bist, freiwillig zu schenken ... aber ich bin bereit dazu, dich glücklich machen zu wollen, dir mein leben zu widmen, ohne jede verpflichtung für dich.

... ich biete dir mich an und meine träume, meine kraft und meinen guten willen, weil ich ahne, dass wir beide einander ein wundervolles leben schenken können.

... fälle deine entscheidung gegen mich bitte nicht zu früh, süße prinzessin!

Ich las diese Zeilen und mir stiegen die Tränen in die Augen. Es waren Tränen der Freude und der Trauer. Freude, weil mir in meinem ganze Leben noch nie jemand etwas so Wunderschönes und Verbindliches geschrieben hatte und weil es mich mit Stolz erfüllte, einen so besonderen Menschen wie *LonelyHeart* berührt zu haben. Trauer, weil ich wusste, dass ich nicht ihm gehören konnte, weil ich bereits Flo gehörte.

»Ich kann nicht! Es tut mir leid!«, war daher alles, was ich ihm antwortete, auch wenn er sicher mehr als diese wenigen Worte verdient gehabt hätte.

Am nächsten Morgen bekam ich wieder einen Brief von ihm:

süße prinzessin!

... deine entscheidung tut weh ... aber ich habe wohl keine

andere wahl, als sie zu akzeptieren ...

... es fällt mir unglaublich schwer, weil ich in dir endlich jemanden gefunden zu haben glaubte, den ich wirklich lieben kann ... deine so deutlich spürbare sehnsucht nach wärme und nähe ... dein zauberhaftes lächeln ... dein wilder, sinnlicher blick ... mein eigener wunsch, mein leben nicht mehr länger nur für mich allein zu leben, sondern für dich da sein zu dürfen ... die erkenntnis, dass es unvergleichlich schön sein muss, mit dir zusammenzusein, das wahre leben, aber auch träume in angriff zu nehmen und zu verwirklichen, endlich verantwortung zu übernehmen ... der moment, als du mich zugedeckt hast ... mein wunsch, dir süße schenken zu wollen, für dich vielleicht der mann sein zu können, der in zukunft enttäuschungen von dir fernhält ... der traum, von einer so wunderschönen, lebendigen und fürsorglichen frau wie dir bedingungslos geliebt zu werden ...

all das hat mich dazu verleitet, dir dinge zu sagen, für die es aus deiner sicht viel viel zu früh sein musste, die du gar nicht glauben konntest ...

... ich hätte sie mir wahrscheinlich auch nicht geglaubt!

aber du sollst wissen, dass jedes einzelne wort ehrlich gemeint war!

ich habe, was du nicht weißt, in jener nacht in der pension, nachdem du eingeschlafen warst, lange wach gesessen und das erste mal in meinem leben ernsthaft darüber nachgedacht, ob ich gewillt und fähig bin, mein leben an einer frau, an dir, zu orientieren, es für dich, für uns, und nicht länger nur für mich allein, zu führen ... und meine überlegungen hatten dazu geführt, dir am nächsten tag jenen brief zu schreiben, den du nie beantwortet hast.

jetzt muss ich erkennen, dass meine gefühle für dich wohl leider einseitig sind und nicht erwidert werden, wobei ich hätte schwören können, dass ich dich bei unserer kurzen begegnung schon sehr glücklich gemacht habe ... wie glücklich hätte ich dich wohl erst gemacht, wenn du mir im echten leben die chance dazu gegeben hättest?

... ich bin traurig ...

... aber ich möchte, dass auch du ein bisschen traurig bist ... traurig darüber, dass du einen mann abgewiesen hast, der im vollen besitz seiner geistigen kräfte und im deutlichen bewusstsein seiner gefühle – wenn auch zugegebenermaßen in einer für dich vielleicht nicht nachvollziehbaren geschwindigkeit – entschieden hat, für dich da zu sein, dich zu lieben und glücklich machen zu wollen.

... auch wenn du ganz anders empfindest als ich: ich habe dich für eine viel zu kurze nacht wirklich geliebt, süße prinzessin!

leb wohl und pass auf dich auf!

dein LonelyHeart

Ich löschte auch diesen Brief, ohne ihn zu beantworten ...

Und während es mir, aus Unfähigkeit, die großen und tiefen Gefühle dieses wunderbaren Mannes zu erwidern, ein Stück meines Herzens brach, nahm ich mir vor, nie wieder zu jemandem so liebevoll und zärtlich zu sein, wie zu ihm in jener Nacht, als ich ihn zugedeckt hatte, damit er nicht fror.

Weil ich mir nie wieder so schuldig und so herzlos vorkommen und nie wieder jemandem so wehtun wollte!

7. SHARKEY

Die Begegnungen mit *LonelyHeart* und *der_Kavalier* hatten mir Appetit auf noch mehr gemacht. Aber mit keinem von beiden wollte ich mich noch einmal treffen. *LonelyHeart* wiederzusehen, war wegen seiner Gefühle für mich unmöglich, und *der_Kavalier* war zwar ein guter Verwöhner, aber wirklichen Sex hatte er anscheinend nicht gewollt. Allerdings wollte *ich* den Sex! Jetzt, wo ich den Schritt getan hatte, mich mit anderen Männern außer Flo ganz einfach nur zum Poppen zu treffen, wollte ich auch richtige Abenteuer erleben. Lockere, geile Abenteuer ohne irgendwelche Verpflichtungen.

Ich schaltete den Computer an und ging online.

Es gab im Chat die Möglichkeit, auszuwählen, was man suchte:

»Die wahre Liebe«

»E-Mail-Freundschaften«

»One-Night-Stands«

»Abenteuer«

»Nette Bekannte«

»Chat-Kontakte«

»One-Night-Stands« waren mir eindeutig zu krass, aber »Abenteuer« hörten sich gut an. Ich gab also ein, dass ich einen Mann in meinem Postleitzahlbereich suchte, der auf Abenteuer stand und auch jetzt gerade online war. Und nicht älter als dreißig sollte er sein. Also maximal neun Jahre Altersunterschied.

Das System schlug mir über einhundert Kandidaten vor. Also beschränkte ich die Auswahl noch einmal auf die Mitglieder, die auch ein Bild von sich in ihrem Profil hatten.

Jetzt waren es nur noch einundvierzig.

Ich ließ meinen Blick über die Bildergalerie schweifen und klickte die Profile an, deren Bilder, die in dieser Ansicht leider nur sehr klein und undeutlich zu erkennen waren, mir auf den ersten Blick gefielen.

e-love – ein 24jähriger Versicherungskaufmann aus Liverpool, der in seinem Profiltext jemanden zum Schmusen und Knuddeln suchte. Nicht wirklich das, was ich gerade wollte, auch wenn der Typ ganz süß war. Aber mit dem Begriff Abenteuer verband ich andere Dinge als Schmusen und Knuddeln.

PETBOY – 26, sportliche Figur und breites Showmastergrinsen, suchte eine reife Frau, der er, gegen ein kleines Taschengeld, die Zeit versüßen wollte. Nix für mich!

Largeman – 27, schwarzhaarig, Pickelgesicht und Hornbrille, prahlte mit seinem Riesenteil und einer Orgasmusgarantie. Das große Teil reizte mich schon für ein paar Augenblicke lang, aber die Akne vermieste es mir. Ich konnte mir nicht vorstellen, mit jemandem zu poppen, den ich nicht einmal küssen wollte.

Mr_SixPack – 30, war ganz offensichtlich unheimlich stolz auf seine Bauchmuskeln, dumm nur, dass ihn sein Foto beim Posen in Badehose zeigte und dass man ganz deutlich erkennen konnte, dass die nicht besonders gut gefüllt war. Die Frau, die behauptet, dass es nicht auf die Größe ankommt, lügt. Vielleicht ist zu groß nicht gut. Aber zu klein ist auf jeden Fall Scheiße.

SexMaschine – 26, litt meiner Ansicht nach an maßloser Selbstüberschätzung, weil er mit seinem bleichen runden Gesicht, der ordentlich gekämmten Frisur und dem treuen Dackelblick ganz einfach aussah, wie ein Milchbubi, der noch bei Mama wohnt.

sharkey – 27, blonder Struwwelkopf und verschmitztes Lächeln, hatte ein Profil, das mir auf Anhieb gefiel:

Name: sharkey
Alter: 27
Ort: Liverpool
Ich suche: Abenteuer

Vorlieben:
1. direktheit
2. offenheit
3. unkompliziertheit
4. spaß
5. ficken

Abneigungen:
1. verklemmtheit
2. verlogenheit
3. heuchelei
4. nervensägen
5. heulsusen

zu mir:
ich hab jetzt aufgehört, frauen verstehen zu wollen.
ab heute genieße ich sie einfach nur noch.
also: nimm dir, was du brauchst, und gib mir, was uns beiden

spaß macht, dann werden wir zwei eine gute zeit haben.
konfrontiere mich nicht mit dingen, die dich selbst nicht interessieren und sei bereit für das große abenteuer.
versuch nicht, mit mir die großen fragen des lebens zu diskutieren, denn davon hab ich einfach keine ahnung.
sei bereit, mich zu knutschen, bis dir schwindlig wird, mit mir unter sternen zu spazieren, rotwein zu trinken, bis zum vollrausch, mich erdbeeren aus deinem bauchnabel und sahne von deinen brüsten naschen zu lassen, mit dir tanzen zu gehen, bis der morgen anbricht und dich danach von mir ficken zu lassen, bis die sonne wieder untergeht.
enjoy me and yourself. ohne angst, ohne zögern ...
... mit einem süssen lächeln auf deinen wundervollen lippen :-))

Ich schrieb ihn an.

sweet_princess:	ich steh nicht auf rotwein *grins*

Es dauerte eine kleine Weile, ehe er antwortete.

sharkey:	aber auf knutschen, bis dir schwindlig wird ... ;-)
sweet_princess:	*lach* ... auch nicht unbedingt mein favorit in deinem großen angebot ;-) zum knutschen hab ich einen freund ... *schelmischgrins*
sharkey:	hm ... *überleg* ... erbeeren – bauchnabel ... sahne – brüste ... ? ;-)
sweet_princess:	hmmmmmm ... *grübel* ...
sharkey:	... ficken!!! ;-)

Ficken – das war es! Ich war noch nie jemandem begegnet, der dieses Wort so offen benutzt hatte, wie *sharkey* in seinem

Profil und auch jetzt im Chat. Alle Welt, auch ich, sprach von »Poppen«, »Vögeln« oder »Sex haben«. Aber nichts traf das, was ich suchte, so sehr, so direkt und verdorben, wie »Ficken«. Wahrscheinlich war es genau das, was mir an seinem Profil auf Anhieb so gut gefallen hatte.

sweet_princess: ficken!!! *eifrigundgrinsendmitdemkopfnick*

sharkey: gefällt mir! *smile* ... wie dein profil – gefällt mir auch!

sweet_princess: deins ist auch cool! ☺

sharkey: na, dann lass uns was draus machen! ... wann willst du hier sein?

sweet_princess: wo hier?

sharkey: bei mir zu Hause ... *einladendlächel*

sweet_princess: kommt nicht in frage ... neutraler boden ...

sharkey: schade ... ☹

Plötzlich hatte ich Angst, dass er wieder absprang. Aber seine Wohnung kam für mich für ein erstes Date nicht in Frage.

sweet_princess: erst mal wie wär's mit einem café oder bistro? ... von da aus können wir immer noch zu dir ... ;-)

sharkey: hm ... na gut ... ☺

Er schlug ein Café in der Innenstadt vor, ganz nah bei seiner Wohnung ...

Und knapp eine Stunde später saßen wir einander gegenüber. Er struwwelig und blond, siegessicher grinsend, wie auf dem Bild in seinem Profil, und ich nervös wie ein Schulmädchen vor dem ersten Abschlussball. Irgendwie hatte ich gehofft, dass meine Nervosität und das Lampenfieber in solchen Momenten irgendwann nachlassen oder ganz aufhören, wenn man erst einmal genug davon erlebt hat; ich hatte ja schließlich schon die Dates mit *LonelyHeart* und *der_Kavalier* hinter mir. Aber dann wiederum war ich froh, dass es da war, dieses Aufgeregtsein, weil es einfach dazugehörte.

Wenn man aufhört, nervös und aufgeregt zu sein, hat man angefangen, abgebrüht zu sein. Und worin liegt dann noch der Reiz?

»So so, du hast also einen Freund und willst trotzdem ein bisschen ficken«, flüsterte *sharkey* schmunzelnd, nachdem wir uns bei der Kellnerin zwei Latte Macchiato bestellt hatten.

Ich grinste verlegen und wurde rot. Als er das Wort »ficken« benutzte, zuckte es in meinem Kätzchen, wie wenn jemand sein Teil in mich geschoben hätte. Es war mir fast peinlich, dass mich ein einfaches Wort so direkt anmachte, aber es war so.

Schließlich nickte ich.

»Sag es!«, forderte er mich lächelnd auf.

»Was soll ich sagen?« Ich war irritiert.

»Sag, dass du ein bisschen ficken willst.«

Wieder dieses Zucken in meinem Kätzchen.

»Ich will«, gab ich zu.

»Sprich es aus.«

»Was?«

»Ficken!«

Ich war mit einem mal klatschnass im Schoß. Die Kellnerin brachte uns die Getränke und lächelte. Konnte sie mir ansehen, dass ich gerade furchtbar geil wurde?

»Na los«, sagte *sharkey*, als sie wieder weg war.

Mit leicht zittrigen Fingern schüttete ich mir etwas Zucker in den Latte Macchiato und kippte die Hälfte daneben. *sharkey* grinste.

»Möchtest du, dass ich dich mit meinem Schwanz in deine Muschi ficke?«

So nass wie mein Kätzchen war, so trocken war jetzt meine Kehle. Das Wort »Schwanz« machte mich noch geiler. Ich hatte ihn bisher immer nur »Teil« genannt oder »Dödel« oder »Schniedel« ... aber noch nie »Schwanz«!

»Ich hab einen schönen Schwanz und der fickt deine Muschi richtig gut!«, versprach er.

»Ganz schön große Klappe!«, krächzte ich heiser und zittrig.

»Ich kann ihn dir gleich hier zeigen, meinen Schwanz ... und wir können auch gleich hier ein bisschen ficken«, setzte er nach.

»Hier?«, fragte ich ungläubig und schaute mich um.

»Ja, hier«, sagte *sharkey*. »Auf der Toilette.«

Er hatte mich!

Das war es, was ich mir unter Abenteuer vorstellte. Weg vom Gewöhnlichen, weg vom Normalen. Wie bei *der_Kavalier*. Das eigentlich Reizvolle waren die Umstände, die Location, die Oper ... und die Tatsache, dass er mir fremd war. So wie *sharkey* mir fremd war.

Ich nickte.

»Aber nur, wenn du es sagst.« Seine Stimme war ruhig und abwartend, überhaupt nicht drängend.

»Ich will ...«, begann ich, und es wunderte mich selbst, dass es mir so schwerfiel, es ganz einfach auszusprechen. »Ich will, ... dass du ... dass du mich ... dass du mich fickst ... dass du mich mit deinem Schwanz in meine Muschi fickst ... Hier auf der Toilette.«

Es war raus, und nun gab es kein Zurück mehr.

sharkey lächelte und machte eine auffordernde Geste in Richtung Toilette. Ich stand auf und ging hinüber, wartete im Vorraum auf ihn. Er folgte mir ein paar Sekunden später, damit niemandem im Café auffiel, was wir vorhatten.

Er öffnete die Tür zur Herrentoilette, und ich drückte mich, dabei vorsichtig nach allen Seiten umsehend, wie ein Einbrecher hinein.

Die Toilette war leer, und wir nahmen die letzte Kabine. Er schloss hinter uns ab. Es war ein wenig eng, aber irgendwie würde es schon gehen. Ich war so heiß, es musste einfach irgendwie gehen.

»Knie dich hin!«, sagte er und hatte schon nach seinem Reißverschluss gegriffen. »Ich fick dich jetzt erst mal in deinen Mund.«

Ich gehorchte ...

... und zitterte am ganzen Leib.

Es war nach *LonelyHeart* ja nicht das erste Mal, dass ich einem Mann einen blasen würde, aber es war das erste Mal, dass es einer »in den Mund ficken« nannte. Und genau das wollte ich jetzt.

In den Mund gefickt werden.

Dann holte er sein Teil heraus – seinen Schwanz.

Er hatte wirklich nicht übertrieben. Es war ein schöner Schwanz. Nicht riesig, aber groß, die Haut samtig weich und glattrasiert, auch die Eier. Er war schon zur Hälfte hart ... und er schob ihn mir bis zum Anschlag zwischen meine Lippen, richtig tief, sodass ich fast würgen musste.

Er war warm und fest zwischen meinen weit aufgesperrten Lippen. Ich konnte durch die weiche Haut hindurch seinen Puls wummern fühlen, und in meinem Nacken, meinem Bauch und zwischen meinen Schenkeln begann es herrlich rauschig zu glühen.

Ganz behutsam fing ich an, ihn zu lutschen. Doch dann

nahm er meinen Kopf in seine beiden Hände, sodass ich ihn nicht mehr bewegen konnte und begann, mich in den Mund zu ficken, mir seinen Schwanz in den Mund zu schieben, ihn wieder herauszuziehen und wieder hineinzustecken. Langsam erst und allmählich immer schneller werdend.

Es war wirklich etwas ganz anderes, von einem Schwanz in den Mund gefickt zu werden, als ihn zu blasen. Es war passiver, hinnehmender, empfangender.

Es machte mich einfach noch geiler!

Ich röchelte und Spucke lief mir die Mundwinkel herab, während sein Schwanz zwischen meinen Lippen immer größer und härter wurde. Meine Augen begannen zu tränen, so tief fickte er mich. Das Blut schoss mir in die Wangen und in den Unterleib, und so sehr mir gefiel, was gerade geschah, wollte ich seinen Schwanz doch schon bald noch viel lieber ganz woanders spüren.

sharkey ahnte es, aber er wollte es mir anscheinend nicht zu einfach machen.

»Sag es«, forderte er mich schon wieder auf. Diesmal aber weniger gelassen, sondern stark keuchend. »Sag mir, was du willst!«

Ich nahm den Kopf zurück, entließ seinen Schwanz und schaute ihn von unten herauf an. Meine Schminke war total verschmiert und lief über meine Wangen herab.

»Fick mich!«, stieß ich bebend hervor. »Fick mich mit deinem schönen Schwanz!«

»Wohin soll ich dich ficken?« Er grinste.

»Fick mich in meine nasse, heiße Muschi!«

Und das ließ er sich nicht zweimal sagen.

Er half mir hoch, öffnete meine Jeans, während ich seine weiter aufmachte und nach unten streifte. Dann drehte er mich herum und stopfte mir drängend seinen schönen harten Schwanz ganz tief in mein glühendes und pochendes Kätzchen hinein, das ab heute Muschi hieß.

Er packte mich an der Taille und stieß in mich.

Seine Finger suchten meine Brüste und griffen fest und gierig zu.

Ich konnte das quatschende Geräusch hören, das sein Schwanz in mir verursachte.

»Fick mich!«, keuchte ich. Auf dem Wort tanzend, wie auf einem zweiten Schwanz.

»Fick mich!«, stöhnte ich mit jedem seiner Stöße heiser und selbstvergessen.

Ich stützte mich mit den Händen an der Fliesenwand ab und drückte ihm mein Becken noch fester, hungriger entgegen.

Sein harter pochender Schwanz besorgte es mir gut.

»Fick mich, fick mich, fick mich, fick mich!«

8. BACKDOOR_BANGER

Ich traf mich noch einige Male mit *sharkey*, und es war anfangs richtig gut; locker, befreiend. Aber schon bald kristallisierte sich heraus, dass das einzig Besondere an ihm die direkte und versaute Sprache und sein zugegebenermaßen schöner Schwanz waren. Ansonsten fickte er immer wieder nach dem gleichen Muster. Blasen oder in den Mund ficken und dann von hinten. Auf die Dauer zu einfallslos ... und nichts von dem, was er in seinem Profil versprochen hatte, von wegen Erdbeeren aus dem Bauchnabel naschen und so weiter.

Ich suchte Neues.

Und ich fand es bei *backdoor_BANGER*.

Ich war bei einem meiner inzwischen regelmäßigen Chat-Streifzüge auf sein Profil gestoßen und hatte erst gar nicht kapiert, wofür sein Nick stand. Weil sein Foto mir gefiel, braunhaarig, dunkle Augen, ein bisschen fülliger, aber smartes Lächeln, schrieb ich ihn an.

sweet_princess: backdoor_BANGER ... was bedeutet das?

backdoor_BANGER: ... *grins* ... denk mal drüber nach!

Ich grübelte. Backdoor hieß Hintertür. Aber Banger? Hm. Ich schaute im Online-Wörterbuch nach.

Ups!

Banging gleich bumsen, hart ficken.

Hart ficken klang gut.

sweet_princess: hart ficken in der hintertür?
... wieso in der hintertür?

backdoor_BANGER: hart ficken IN DIE hinterür ...

PENG! Jetzt wusste ich, was er meinte. Analsex!

sweet_princess: typische männerphantasie ...

backdoor_BANGER: die meisten frauen finden's geil ... ☺

sweet_princess: kann ich mir nicht vorstellen ...

Ich hatte es beim Michselbstbefingern mal ausprobiert, und ich fand's eigentlich nur unangenehm.

backdoor_BANGER: schon mal mit nem prall pochenden Männerschwanz probiert?

Hatte er meine Gedanken gelesen oder wusste er einfach, wie Frauen darüber denken?

sweet_princess: ... nein ...

backdoor_BANGER: dann wird's zeit ...

sweet_princess: wieso sollte ich das tun?

backdoor_BANGER: allein schon, um die dinge zu kennen, über die du ein urteil fällst ... ;-)

Clever argumentiert. Kompliment.

sweet_princess: aber das tut doch weh ...

backdoor_BANGER: manchmal ja ... manchmal nein ... aber auch im schmerz liegt manchmal lust ...

Ich schwieg. Wollte erst einmal darüber nachdenken.

backdoor_BANGER:	komm, wir spielen ein spiel ... ☺

Ein Spiel? Das klang interessant.

sweet_princess:	... was für ein spiel? *lächel*
backdoor_BANGER:	... ein rollenspiel ...
sweet_princess:	... ??? ...
backdoor_BANGER:	... pass auf – wir verabreden uns an einer landstraße ... zum beispiel zwischen st. helens und newton ... du bist anhalterin, und ich komme mit dem auto vorbei – nehme dich mit und dann, wenn du dich traust, sagst du, du würdest dich gern irgendwie fürs mitnehmen revanchieren - dann fahre ich zur seite raus auf einen rastplatz im feld oder in ein waldstück ... und da nehme ich dich dann auf dem kofferraum von hinten ...
sweet_princess:	... ganz hinten?
backdoor_BANGER:	*lach* ... GANZ HINTEN!
sweet_princess:	... das anhalterspiel gefällt mir ... aber geht nicht auch ›normal‹? ... von mir aus auch gern auf dem kofferraum ...
backdoor_BANGER:	... nö ... ... kein interesse ... bye! ☺

Er war weg. Das nenne ich konsequent.

Aber ich fand's schade, weil mir die Idee »Anhalterin verführt Autofahrer« richtig gut gefallen hatte. Mich aber dafür in den Hintern ficken lassen?

Mir fiel auf, dass ich das Wort »Ficken« seit *sharkey* völlig ohne Skrupel benutzen konnte. Und dass ich jetzt auch viel freizügiger mit dem Thema Sex an sich umging. Sowohl in

Gedanken als auch in der Tat.

War ich denn heute nicht in den Chat gegangen, um etwas Neues zu entdecken? Und war Analsex nicht etwas völlig Neues für mich? Was konnte es schon schaden, es einmal auszuprobieren? Danach wüsste ich wenigstens, wovon ich rede – da hatte *backdoor_BANGER* nicht ganz unrecht.

sweet_princess: ... also gut ... ☺ ... vielleicht ... aber wenn ich im auto sitze und es mir dann doch anders überlege, darfst du nicht böse sein ...

Es dauerte eine kleine Ewigkeit, ehe er antwortete.

backdoor_BANGER: ... zu spät ... hattest deine chance ...

Impertinentes Arschloch!, dachte ich wütend.

sweet_princess: ... dann eben nicht ... *grummel*

backdoor_BANGER: ... nicht böse gemeint ... aber hier im chat gibt's so viele mädels, die ohne lang rumzureden mitmachen ... warum soll ich mich da mit einer treffen, die eigentlich gar nicht will?

sweet_princess: ... hm ... vielleicht, weil ich ja doch will, mich aber nicht richtig traue ...

backdoor_BANGER: ... die anderen trauen sich ...

sweet_princess: ... die anderen sind aber nicht so sexy wie ich ... ;-)))

backdoor_BANGER: ... ganz nettes foto ... man sieht nur zu wenig ...

sweet_princess: wie? zu wenig?

backdoor_BANGER: ... na ja, man sieht nur dein gesicht ... und ein bisschen was von deiner figur unterm pulli ... gibt's keine, auf denen du nichts anhast?

sweet_princess: NACKTFOTOS???? *entsetztschau*

backdoor_BANGER: ... verschicken doch die meisten hier ...

sweet_princess: ... JETZT verarschst du mich!

backdoor_BANGER: nö ... ...kein scheiß! – ehrlich nicht! ... was ist auch schon dabei? ... lässt einfach dein gesicht auf den fotos weg ...

sweet_princess: und wenn ich welche mache, treffen wir uns?

backdoor_BANGER: ... wenn sie mir gefallen ... ja! ;-)

***

Also stibitzte ich noch am selben Tag Flos DigiCam und das Stativ und machte neue Fotos von mir. Ich machte welche in neckischen Dessous und welche ganz ohne Klamotten. Und es machte einen Heidenspaß. Vor allem, wenn ich daran dachte, dass ein fremder Mann sie sich anschauen würde. Dann machte es mich sogar rollig. Ich hatte es mir während des Shootings zweimal selbst gemacht, so rattig war ich auf einmal.

Danach bearbeitete ich die Bilder im Computer, damit auch ja keines mein Gesicht zeigte oder andere Spuren, an denen man mich erkennen konnte.

Drei davon schickte ich per Mail an *backdoor_BANGER*.

backdoor_BANGER: ... das bist ECHT DU? ... *begeistertbin*

sweet_princess: yep! das bin echt ich! ... na, immer noch so überheblich?

backdoor_BANGER: ... im gegenteil ... untertänigster diener ... *lächel* ... bei DER figur lass ich mich sogar auf den vielleichtnochimautoabspringdeal ein ... in ordnung?

So schnell konnten sich Machtverhältnisse verschieben. *grins*

sweet_princess: ... mach dir deshalb keinen stress ... ich WILL es ja ausprobieren ... aber du hörst auf, wenn es zu sehr wehtun sollte ... einverstanden?

backdoor_BANGER: einverstanden ... ☺

***

Am nächsten Nachmittag fuhr ich von der Uni aus mit dem Bus direkt nach St. Helens und stieg an der Landstrasße nach Newton aus. Ich war etwa eine Viertelstunde zu früh und setzte mich am Straßenrand auf einen großen Stein in die Sonne. Ich trug ganz absichtlich einen Rock, und war ziemlich aufgeregt. Jedes Mal, wenn ein Auto ankam, schaute ich aufgeschreckt hoch. Eins hielt sogar an und der Fahrer fragte mich, ob er mich mitnehmen könnte, aber ich verneinte höflich.

Dann kam *backdoor_BANGER*. Als ich seinen Wagen sah, stand ich auf, stellte mich an den Straßenrand und hielt den Daumen raus. Er fuhr an die Seite und öffnete das Beifahrerfenster.

»Wohin möchtest du denn?«, fragte er, so als würden wir einander nicht kennen. Er trug einen dunklen Anzug und Krawatte, kam gerade von der Arbeit.

»Nach Newton«, sagte ich, und ich fühlte, wie ich ganz leicht rot wurde, als ich bemerkte, dass er meine nackten Schenkel anschaute und lächelte.

»Liegt auf meiner Strecke. Steig ein.«

Ich stieg ein, und er fuhr los.

Der Moment der Entscheidung war gekommen. Würde ich ihm anbieten, mich für das Mitfahren zu revanchieren und ihn damit einladen, bei der nächsten Möglichkeit abzufahren, um mich in meinen jungfräulichen Arsch zu ficken?

Ich schaute ihn an.

Er gefiel mir. Wie gesagt, ein bisschen füllig vielleicht, aber durchaus kraftvoll. Er hatte schöne Hände und ein angenehmes Lächeln.

Dann blickte ich in seinen Schritt ... und wurde noch röter. Er hatte bereits einen Harten. Das nenne ich Vorfreude!

Zwischen meinen Schenkeln zuckte es. Für »normales« Poppen wäre ich jetzt sofort bereit gewesen. Aber anal? Reizen tat es mich schon. Und eigentlich war ich ja auch hier, weil es mich mehr als nur reizte. Ich wollte es ausprobieren. Aber mir fehlte noch der nötige Mumm.

»Das ist aber furchtbar nett von Ihnen, dass Sie mich mitnehmen«, sagte ich in einem gespielt besonders artigen Ton. Er lächelte und schaute mich erwartungsvoll an. Ich gefiel ihm ganz offensichtlich, und er konnte es kaum noch erwarten. Aber ich konnte noch nicht sagen, was er gern gehört hätte.

Doch plötzlich wusste ich, wie ich mir den Mut dafür verschaffen würde ... und ich änderte kurzerhand die Spielregeln.

»Sie sind ein sehr sicherer Fahrer«, lobte ich ihn.

»Bin viel unterwegs«, sagte er. Seine Stimme war belegt vor Erregung.

»Ist aber auch, glaube ich, gar nicht so schwer, solange man nicht abgelenkt wird.«

»Abgelenkt?« Er schaute mich fragend an.

»Abgelenkt«, wiederholte ich und griff ihm zwischen die Beine. Zugegeben, das hat mich schon eine ganze Menge Mut gekostet, aber ich hatte Lust darauf.

Er verzog das Lenkrad kurz und der Wagen schlingerte einen Moment lang.

»Ich würde mich gern etwas später«, und ich betonte das Wort später ganz ausdrücklich, »dafür revanchieren, dass Sie mich mitnehmen. Aber ich würde mir gern vorher noch etwas Mut antrinken.«

»Trinken?«, fragte er verwirrt.

Aber da senkte ich auch schon meinen Kopf in seinen Schoß und öffnete seine Hose. Sein Schwanz sprang mir förmlich zwischen die offenen Lippen, und sofort überfiel mich jener Rausch, den ich gesucht hatte. Ich nahm ihn ganz tief in den Mund und begann zu saugen. Sein hartes Fleisch pochte warm auf meiner Zunge.

»Oh je!«, lachte er stöhnend auf. »Aber bloß nicht leermachen. Sonst bleibt für's Revanchieren nichts übrig.«

»Nur ein paar Tröpfchen«, bat ich mit vollem Mund und begann, mit dem Kopf auf- und abzunicken. Das Blasen machte mich selber nass und noch rolliger. Er griff mit der freien Linken nach meiner Brust, und ich drehte mich ein bisschen, damit er besser drankam. Seine Finger knautschten mich und fanden meinen Nippel, um ein bisschen an ihm zu spielen. Ich stöhnte auf ... sein festes Fleisch und seinen Schwanz tief in meinem Mund.

»Da vorn ist ein kleines Waldstück«, sagte er und wartete auf meine Entscheidung. Ich fühlte, dass er, wenn ich ihn jetzt weiter mit meinem Mund fickte, gleich abspritzen würde, und ich hatte tierischen Appetit auf seinen Saft. Aber ich wollte auch ausprobieren, wozu wir uns eigentlich getroffen hatten und das würde warten müssen, wenn ich ihn erst einmal leergelutscht hätte. Und warten, wollte ich nicht länger.

»Fahr hin!«, japste ich entschlossen. »Tu es!« Und ich saugte jetzt ein bisschen langsamer. Er schmeckte frisch und gut, ein wenig würzig nach Mann und Sex. Ich tanzte mit meiner Zunge über seine pralle Eichel.

Da kam das Auto zum Stehen.

Er war von der Straße in einen Feldweg abgefahren, der in das Waldstück hineinführte. Hier konnte man uns von der Straße aus nicht sehen. Er zog meinen Kopf von seinem Schwanz und grinste mich mit verklärt leuchtenden Augen an.

»Steig aus, du Luder!«, lächelte er, und ich lächelte zurück. Es gefiel mir, von ihm als Luder bezeichnet zu werden.

Ich stieg aus und ging nach hinten zum Wagen. Und noch ehe er ausgestiegen war, hatte ich mich mit dem Bauch auf den Kofferraum gelegt, den Rock hoch- und den String zur Seite gezogen.

»Tu es, bevor ich es mir anders überlege«, bat ich ihn.

Er trat hinter mich. Sein harter Schwanz wippte mit jedem Schritt. Die Vorhaut war weit zurückgezogen und die Eichel glänzte dunkelrot.

Ich fühlte, wie er sie mir zwischen die Backen drückte und an meiner Muschi ein wenig feuchtrieb. Die Berührung ließ mich heftig aufstöhnen.

»Streichle deinen Kitzler!«, forderte er mich auf, und wie automatisch folgte ich dem Kommando. Ich griff mir zwischen Bauch und Motorhaube hindurch an die Muschi und begann, mit ihr zu spielen. Er packte mit einer Hand eine meiner Pobacken, und mit der anderen drückte er seinen Schwanz in mein hinteres Loch.

AUTSCH!

Es tat weh. Aber nicht so sehr weh, dass ich jetzt hätte aufhören wollen. Denn ich war rollig und heiß, und mein Verstand hatte sich schon vor ein paar Minuten verabschiedet.

Er schob sich immer weiter in mich hinein, und ich merkte, je heftiger ich mich selbst streichelte, umso angenehmer wurde es.

Dann fing er an, mich zu ficken.

Er hatte meine Taille mit beiden Händen gepackt, sich mit breiten Beinen hinter mir aufgestellt und stieß sich hart in mich hinein.

Erst dachte ich, er würde bald kommen, und weil es mir immer besser zu gefallen begann, bedauerte ich das, dann aber stellte sich heraus, dass er noch lange nicht so weit war, wie ich im Auto gedacht hatte. Oder vielleicht hatte auch der Stellungswechsel dazu geführt, dass sich sein Orgasmus verschob. Auf jeden Fall fickte er mich jetzt eine halbe Ewigkeit lang in meinen kleinen engen Arsch.

Und er tat das richtig gut.

Mir blieb die Luft weg vor Geilheit.

Er stieß zu – ich seufzte.

Er stieß wieder zu – ich keuchte.

Er stieß noch einmal zu – ich stöhnte.

Er stieß härter zu – ich schrie vor Lust.

Und er stieß und stieß und stieß ...

Hart und fest, während ich meine nasse, brennende Klit zum Glühen rieb.

Es war nicht besser als »normal« ficken, einfach nur anders. Aber es war geil. Es fühlte sich schmutzig und verdorben an.

»Fick mich in meinen Arsch!«, rief ich lüstern, und ich warf den Kopf weit nach hinten in den Nacken, röhrte wie ein Hirsch in der Brunft.

Er zog mich an den Haaren nach oben und griff nach meinen unter den harten Stößen wippenden Brüsten, packte und quetschte sie, bis es wehtat. Und die ganze Zeit stieß er seinen prächtigen Schwanz in mich hinein ...

... bis sich plötzlich pure Hitze in meinem Schoß, meinem Rücken, meinen Brüsten und meinem Nacken sammelte ...

... mich überschwemmte wie eine Flutwelle ...

... und ich mit einem lauten langen Schrei kam.

Aber er fickte noch einen Moment lang weiter bis ...

»Dreh dich rum!«, rief er, und instinktiv tat ich, was er wollte. Ich ging schnell in die Knie, die noch ganz stark zitterten, machte den Mund weit auf und ließ ihn seinen Schwanz hineinstecken, der ein bisschen nach mir und meinem Arsch schmeckte. Mit aller Gier, die noch in mir war von dem eben erlebten Climax, lutschte und wichste ich ihn zwischen meinen Lippen.

Ich fühlte, dass er in meinem Mund kommen wollte, aber das kam für mich nicht in Frage. Nichtsdestotrotz blies ich gierig und hart ...

... und schon nach wenigen Sekunden, ich nahm, als ich seinen Schwanz zucken fühlte, schnell noch den Kopf zur Seite, spritzte er sein klebriges, warmes Sperma in mein Haar, auf meine Brüste und auf meinen Bauch, von wo aus es hinab zwischen meine Schenkel lief.

***

Ein paar Minuten später waren wir wieder, beide breit grinsend, mit dem Wagen auf der Straße.

Da kam uns doch glatt Flo in seinem Auto entgegen!

Ich hoffte erst, dass er mich nicht erkannt hatte, aber abends fragte er mich, mit wem ich da im Auto gefahren war.

»Keine Ahnung, wie er hieß«, antwortete ich so gleichgültig wie ich nur konnte. »Ich hatte den Bus verpasst, wollte per Anhalter fahren, und er hat mich mitgenommen.«

Damit, und es war ja auch fast die Wahrheit, gab er sich zufrieden.

Aber der Schreck, vielleicht von Flo bei meinen Abenteuern ertappt zu werden, steckte mir in den Knochen, und ich nahm mir vor, künftige Dates nur noch weiter außerhalb der Stadt zu verabreden.

9. Trixster

Komm, kleine Elfe, mit mir in den Wald.
Tanz im Schein des Monds für mich
heut Nacht – die Ewigkeit.
Dreh Dich im Kreis,
zeig Deine Schönheit mir, die mich schon jetzt so inspiriert,
die mich vergnügt und zärtlich lächeln lässt,
wie sie zugleich das Tier in mir zum Grollen bringt.

Komm, kleine Elfe, mit mir in den Wald.
Peitsch mit kleinen nackten Füßen kühles Moos.
Bring es zum Glühn;
So wie zum Glühn Du auch mein Auge bringst
und meine Lust.
Streif ab das Leibchen, das bisher verhüllt
die süßen Brüste, die so gern ich schmecken würd'.

Komm, kleine Elfe, mit mir in den Wald.
Reck Dich im Drehn, damit ich besser sehen kann,
was gleich ich packen werd mit gierger Hand.
Lass Dein Lachen mich verführn.
Schick Deinen Duft zu mir,
um mich zu locken,
meine Lust zu schürn.

Komm, kleine Elfe, mit mir in den Wald.
Verfang im wilden Tanz in Spinnennetzen Dich,
auf dass gefangen bist und ausgeliefert
– all meiner Willkür, meiner Phantasie –
Du nun empfangen magst,
was alles wartet hier in meinen Händen,
meinen Küssen und in meinen Lenden.
Was alles wilde Schreie dir entlockt.

Komm, kleine Elfe, mit mir in den Wald.
So oft Du willst – so oft Du kannst.
Lass ficken Dich mit all der Kraft, der Härte,
die Dich Lächeln macht.
Sei Weib und Hure, Sklavin Deiner eignen Gier.
Doch bleib dabei auf ewig
die süße Elfe, die mein Herz zum Lächeln bringt.

Das Gedicht war im Posteingangsfach meines Chat-Profils und stammte von einem gewissen *Trixster*. Ich fand es süß und frech. Und es passte zufällig ganz gut, jetzt nach meinem Treffen mit *backdoor_BANGER*. Es hatte mir Spaß gemacht, im Freien zu ficken. Im Wald wäre es bestimmt auch richtig schön.

Außerdem gefiel es mir, dass er mich Elfe nannte, und seine Worte verrieten Leidenschaft und Romantik, aber auch eine gewisse lockere Dreistigkeit.

Aber der Schreck, von Flo fast erwischt worden zu sein, steckte mir noch in den Knochen. Zum Glück war er so wenig misstrauisch oder eifersüchtig. Gleichzeitig ärgerte mich das auch ein bisschen. War er sich denn meiner wirklich so sicher? Für ihn war ich die Frau, mit der er sein Leben verbringen wollte. Eigentlich ist das das schönste Kompliment, das ein

Mensch einem anderen machen kann. Warum nur fühlte es sich nicht an wie ein Kompliment? Wieso hatte ich nicht das Gefühl, dass er mich liebte, mich begehrte? Viel eher fühlte es sich inzwischen immer öfter so an, als hätte er sich mich zugelegt, mich sozusagen angeschafft, um sein Leben zu komplettieren, jemanden an seiner Seite zu haben. Aber was, außer dieser drögen Sicherheit, von der er andauernd sprach, wenn er mir unsere gemeinsame Zukunft ausmalte, war er bereit dafür zu zahlen? Was verstand er unter Liebe? Nur Loyalität und Treue? Das sind große Werte, dessen war und bin ich mir bewusst, und ich weiß sie schätzen. Aber was sind sie ohne Liebe? Ein Hund ist vielleicht treu und loyal, auch wenn man ihn nicht zurückliebt, aber gilt das auch für Menschen?

Wie so oft schob ich diese verwirrenden, scheinbar zu nichts führenden Gedanken beiseite. Sie machten alles so schrecklich kompliziert.

Es war nicht die Zeit für Gedanken. Es war der traumhafteste Sommer seit Jahren, der schönste, wärmste Sommer überhaupt. Ein Sommer der Lust. Ich klickte *Trixsters* Profil an.

Name: Trixster
Alter: 32
Ort: Sheffield
Ich suche: Abenteuer

Vorlieben:
1. verspieltheit
2. leidenschaft
3. humor
4. phantasie
5. sinnlichkeit

Abneigungen:
1. zu ernst
2. zu verbissen
3. zu unlocker
4. feigheit
5. langeweile

zu mir:
ein ruheloser geist, ein trixster eben:
ausgelassen, außergewöhnlich, austobend
begehrend, bezaubernd, beharrlich
entschlossen, entschieden, entzückend
expressiv, extrovertiert, exorbitant
gefühlvoll, geheimnisvoll, geschickt
interessant, introvertiert, interessiert
konstruktiv, konfus, kongenial
unglaublich, unersättlich, unstet
verspielt, verwirrend, verführerisch
zutraulich, zuversichtlich, zuverlässig
beschützend, wenn ich schwäche spüre;
kreativ, wenn man sich mir hingibt;
süß, wenn man mich lässt;
stark, wenn man mich braucht;
du hast mehr als nur drei wünsche frei! ;-)

Hm ... 32 Jahre alt. Elf Jahre älter als ich.

Aber er schrieb süß und das Foto in seinem Profil gefiel mir: schwarze, kurz geschnittene Haare, schelmischer Blick aus dunklen Augen, Lächelgrübchen, Dreitagebart. Sympathischer Kerl. Mir gefiel auch die Aneinanderreihung der Adjektive, die er für seine Selbstbeschreibung ausgesucht hatte.

Widersprüchlich vielleicht ... aber sehr facettenreich. Beides außerordentlich reizvoll.

Auf der anderen Seite suchte ich ja keinen Mann fürs Leben, sondern einen für's Ficken – und wenn man glauben will, was so erzählt wird, werden Männer in Sachen Sex ja sowieso erst über Dreißig richtig interessant. Darüber hatte ich vorher noch gar nicht nachgedacht, war nur nach dem Äußeren gegangen, und das war bei *Trixster* ja nicht gerade unansprechend.

Hm ... ficken im Wald ... mit einem Mann, der deutlich älter war als ich ... hm.

Warum eigentlich nicht?

Zumal er aus Sheffield, also nicht direkt von vor der Haustür war.

überleg ... *grübel* ... *nachdenk*

Ich schrieb ihm eine Antwort:

sweet_princess: Wenn ich nicht wirklich tanzen muss, denke ich gern über deine Einladung nach ... *lächel*

Er war online und antwortete direkt. Drei Minuten später telefonierten wir. Ich mochte sein Lachen. Er war wirklich locker und gut drauf und schlug direkt heute für ein Date vor.

Uni war vorbei und arbeiten musste ich auch nicht. Also, warum nicht? Besonders, weil ich mal wieder ohne Ende rollig war. Ich rief meine Schwester an und fragte, ob sie mir ihr Auto leihen könnte.

Anderthalb Stunden später, ich hatte mir schön Zeit gelassen mit Baden und Fertigmachen, war ich auf dem Weg nach Sheffield. Ich trug knielange, sandfarbene Stoffhosen, ein ärmelloses, rotes T-Shirt und hatte das Haar locker zu einem Pferdeschwanz zusammengebunden.

Meine Muschi schnurrte vorfreudig.

Gibt es etwas Schöneres, als einfach nur geil zu sein? Ich meine, nicht geil zu sein im Sinne von »ich-hätte-gern-Sex-und-vielleicht-kann-ich-meinen-Freund-heute-abend-dazu-verführen«, sondern dieses klare »ich-bin-JETZT-geil-und-werde-garantiert-GLEICH-gefickt«!

Ich glaube, das ist der größte Reiz an Internet-Dates. Es ist vorher alles herrlich klar. Man trifft sich nicht, um mal zu sehen, was sich vielleicht entwickeln könnte. Man trifft sich, um zu ficken! Basta!

Geil! *lächel*

Trixster und ich hatten verabredet, dass ich ihn von unterwegs aus auf dem Handy anrufen sollte, damit er mir den Weg zu dem vereinbarten Treffpunkt im Wald erklären konnte.

Ich wählte ihn an, und als er abnahm, fragte er mich, wo ich sei. Ich beschrieb ihm ungefähr die Stelle auf der Autobahn, auf der ich gerade fuhr. Er lachte und wollte wissen, mit welchem Auto ich denn unterwegs wäre. Ich sagte es ihm, und er lachte wieder.

»Schau doch mal in den Rückspiegel!«, sagte er dann.

Was für ein Zufall! Er fuhr direkt hinter mir.

»Schön, dich zu treffen, kleine Elfe!« Er fuhr neben mich und winkte mir zu.

»Schön auch dich zu treffen, *Trixster*!« Ich winkte zurück. Er hatte ein wirklich gewinnendes Lachen. Wieso war mir nie aufgefallen, wie attraktiv Männer über Dreißig aussehen können?

»Yihaaa!«, jodelte er ins Handy. »Du siehst Klasse aus! Und gleich werd ich dich knutschen, dich anfassen. Heute ist mein Glückstag!«

Ich lachte auf. Er war süß!

»Wart nur ab!«, warnte ich ihn. »Vielleicht will ich ja viel mehr als nur knutschen und anfassen.«

»Oh, davon geh ich doch aus!« Er zwinkerte mir zu. »Hast du eine Decke mitgebracht?«

»Oh Shit!« Die hatte ich vergessen. Er hatte mich vorhin am Telefon darum gebeten.

»Macht nix«, lachte er. »Dann wird's eben ein bisschen piksig!«

»Damit kann ich leben«, antwortete ich grinsend. »Aber nur, wenn ich oben bin!« Der Gedanke, diesen süßen Fremden gleich im Wald zu reiten, mich auf seinen Schwanz zu spießen und ihm meine Nippel in den Mund zu drücken, ließ mir den Saft zwischen die Schenkel schießen.

Hinter uns hupten Autos. Wir waren die ganze Zeit nebeneinander hergefahren, und hinter uns hatte sich eine Schlange gebildet.

»Fahr mir einfach nach«, sagte *Trixster*, legte auf und überholte mich. Er fuhr schnell, hatte es wohl eilig. Ich lächelte und gab Gas. Ich hatte es inzwischen auch ganz schön nöt- ... äh eilig.

Nach wenigen Minuten, die mir jedoch inzwischen wie eine Ewigkeit vorkamen, fuhr er ab auf eine Landstraße; weit und breit noch kein Stück Wald zu sehn. Ich drückte auf die Wahlwiederholung des Handys.

»Was kann ich für dich tun, kleine Elfe?«, meldete er sich, und ich konnte durch das Telefon hindurch hören, wie er lächelte.

»Wie weit ist es denn noch?«, fragte ich, fast quengelnd wie ein kleines Kind auf der Urlaubsreise.

»Kann es da jemand nicht mehr erwarten?«, schmunzelte er, und mir fiel, nicht zum ersten Mal in den letzten Wochen, auf, wie einfach es doch sein konnte, sich mit einem Mann offen und direkt zu unterhalten, wenn man, wie er, nichts anderes wollte als Sex.

»Ich bin nass!«, gab ich zu und wurde schon ein bisschen rot dabei. »Schlimm?«, hakte ich schelmisch nach.

»Schlimm wär's, wenn's nicht so wäre!«, antwortete er.

»Ich bin mir sicher, du würdest das dann ganz schnell ändern«, meinte ich.

»So? Glaubst du?«, fragte er grinsend. »Wie denn?«

»Du würdest einfach rechts ranfahren und mich ein bisschen in deinem Auto ficken«, antwortete ich und hoffte, dass er den Wink mit dem Zaunpfahl verstand.

Er verstand ihn und setzte den Blinker.

Wir fuhren gerade so weit auf einem kleinen Weg ins Feld hinein, dass man unsere Autos von der Landstraße aus nicht mehr sehen konnte.

Er stieg aus, schaute mich an, lächelte und öffnete die hintere Tür seines Wagens, machte eine einladende Geste in Richtung Rücksitzbank.

Ich stieg ebenfalls aus und ging zu ihm.

»Nett, dich kennenzulernen, kleine Elfe!«, sagte er, griff nach meinem Nacken, zog mein Gesicht zu sich heran und knutschte mich. Ich drückte meine Nippel gegen seine Brust, und er packte meinen Hintern.

Sein Kuss schmeckte. Ich fasste ihm zwischen die Beine. Sein Schwanz war schon schön hart. Ich packte ihn aus und rieb ihn. Er lag gut in der Hand, fest und pulsierend. *Trixster* stöhnte auf, schob mir das T-Shirt nach oben, dass er meine nackten Brüste packen und lecken konnte und fummelte meine Shorts auf. Zwei, drei Griffe, und sie fiel zu Boden.

Ich krabbelte rücklings auf die Sitzbank und zog ihn an

seinem Schwanz hinter mir her. Er war glatt rasiert und ein bisschen nach unten und leicht zur Seite gebogen, sein Sack war klein und straff. Er kletterte mit bis zu dem Knien heruntergelassener Hose auf mich drauf zwischen meine gespreizten Beine. Ich schlang sie um seine Hüften und führte seinen Schwanz mit den Fingern an meine pochende Pussy. Aber ehe er ihn in mich drückte, küsste er mich lange und ausgiebig.

Seine Lippen waren weich und warm, meine eigenen kribbelten dabei. Sein Dreitagebart kratzte ein wenig, aber das störte nicht. Das Spiel seiner Zunge an meinem Mund, zwischen meinen Zähnen und seiner harten Eichel an meiner Muschi machten mich noch heißer. Ich wusste, dass ich diesmal schnell kommen würde.

Sein Schwanz glitt in mich.

Ich verkrallte mich in seinem Rücken und seinem nackten Arsch.

Dann fickte er mich.

Mit festen, aber langsamen Stößen, seinen Schwanz ganz in mich hieingepresst und dort schön hin- und herdrückend.

Und tatsächlich, schon nach wenigen Sekunden kam ich. Nicht gewaltig, eher fließend schnurrig, wohlig. Aber genau richtig, um meinen ersten Hunger zu stillen. Er erkannte es und grinste, knutschte mich noch einmal und zog dann seinen Schwanz wieder aus mir heraus.

»Willst du nicht abspritzen?«, fragte ich ihn leicht irritiert, als er aus dem Auto kletterte und mir nach draußen half.

»Nachher im Wald!«, lachte er. »Ich hoffe, du hältst es jetzt bis dahin aus.«

Ich knuffte ihm lachend in den Bauch.

»Jetzt ja!« Ich griff ihm noch einmal neckend an den Schwanz und half ihm beim Einpacken, ehe ich meine Shorts sauberklopfte und wieder anzog.

Geil, dachte ich, als ich wieder im Auto saß und ihm hinterherfuhr, ein Mann der mich einfach mal poppt, weil ich es brauche. Der mich einfach mal rannimmt, ohne selbst kommen zu wollen. Cool!

Da fiel mir *der_Kavalier* in der Opernloge ein, der ja auch ausschließlich mich verwöhnt hatte, ohne selbst etwas zu wollen. Aber inzwischen war ich, was ihn betraf, eher der Meinung, dass er vielleicht impotent war und sein Vergnügen daraus zog, Frauen zu verwöhnen, während mir *Trixster* gar nicht selbstlos erschien. Er wollte einfach nur lieber im Wald ficken und sich schön Zeit nehmen. Vielleicht kommt eine solche Gelassenheit und das Bewusstsein, sich schöne Dinge aufsparen zu können, weil man weiß, dass sie einem nicht davonlaufen, wirklich erst mit dem Alter.

Am Horizont sah ich die ersten Bäume. Wenig später hatten wir die Autos abgestellt und staksten vom Weg weg über den unebenen, bemoosten Waldboden.

Die Sonne blitzte durch die hellgrün funkelnde Laubdecke und schoss Lichtspeere durch die Luft. Vögel zwitscherten, ein Specht klopfte, und das Summen von Bienen und Käfern vervollkommnete die Stille. Ich fühlte mich tatsächlich plötzlich wie ein Elfenmädchen an der Hand eines Waldfauns; eines *Trixsters* eben. Er stahl mich aus der Welt fort, hinein in die Einsamkeit des Waldes, um mich der uralten Göttin der Lust zu opfern.

Und ich war nur allzu gern dieses Opfer.

Wir erreichten eine kleine Lichtung, und er zog sein T-Shirt aus, um es auf dem Boden auszubreiten. Dann, ganz mir nichts, dir nichts, zog er auch mir einfach das Shirt aus und legte es daneben. Meine Brüste schwebten im Freien und nippelten augenblicklich wieder. Ich fasste sie an und zeigte sie ihm.

Er griff lächelnd nach ihnen und streichelte sie mit seinen Daumen. Dabei lag in seinen schelmischen Augen etwas ehrfürchtig Anbetendes.

»Du bist wunderschön!«, flüsterte er und streichelte nun auch meine Wange. Ich wurde rot.

»Danke schön«, sagte ich leise mit belegter Stimme und ließ es zu, dass er mich zu den T-Shirts führte. Dort sank ich zu Boden und genoss die unhektische Gelassenheit, mit der er mir die Shorts und den Slip auszog.

Er legte meine Beine zu beiden Seiten und streichelte sie ausgiebig. Dann streichelte er auch meinen Bauch, meine Schultern, meinen Hals und meine Brüste. Die Wärme der Sonne stieg mir vom Waldboden aus in den Rücken hinein, und ich schnurrte wohlig unter seinen zärtlichen Berührungen.

Er kletterte aus seiner Hose, sein Schwanz war entweder schon wieder hart oder immer noch, und streichelte mich nun vom Hals herab mit seinen Lippen, mit seiner Zunge. Ich legte mich zurück und genoss.

Er küsste und lutschte ausgiebig, und mit ganz viel Zeit meine mehr und mehr kribbelnden Nippel, streichelte meine Seiten und Schenkel, küsste meinen Bauch und schließlich ... meine Muschi.

Ich stöhnte in die Stille des Waldes hinein, während er mein Fleisch mit seiner Zunge teilte und meine Nässe trank. Süß waren sie, seine Muschiküsse, und heiß. Tief und innig. Begehrlich trank ich die Waldluft und stöhnte, drückte mein Becken nach oben gegen seine schlängelnde Zunge.

Dann, als ich es vor Geilheit kaum noch aushielt, kletterte er an mir nach oben und legte sich auf mich, schob ganz, ganz langsam seinen Schwanz in mich hinein.

Ich erbebte, drückte ihm meine Hüfte noch fester entgegen, legte meine Hände an seine Schultern.

»Schau mich an, kleine Elfe«, sagte er, und ich öffnete die Augen. Er senkte sein Gesicht, küsste mich, ohne auch nur einen Moment lang die Augen zu schließen und begann mich zu ficken.

Schöne Stöße ... tiefe ... drängende ... reibende ... ausfüllende Stöße.

Weil ich vorhin im Auto schon gekommen war, würde es nun länger dauern bei mir, aber es spielte keine Rolle. Kommen war jetzt unwichtig. Das Ficken an sich war die Hauptsache, das Erfüllende.

Ich wickelte meine Waden um seine Oberschenkel, streichelte zärtlich sein Gesicht, seine Schultern, seine Brust, seinen Rücken, seinen Arsch … drückte mich ihm in seinem herrlich langsamen Ficktakt entgegen … rieb jedes Mal, wenn sein Schwanz ganz tief in mir steckte, meine Klit gegen sein Schambein … stöhnte.

»Ooooh jaaaaa!«, seufzte ich lächelnd. »Genau soooo!«

Und er tat es eine halbe Ewigkeit mit mir. Ruhig, aber intensiv. Wirklich fast anbetend ... köstlich ... berauschend und ... langsam.

»Dreh dich um«, sagte er dann irgendwann. Die Zeit schien stillzustehen, und ich tat, worum er mich bat: ging auf die Knie.

»Nein, leg dich hin. Leg dich auf den Bauch. Und reck mir deinen süßen Arsch entgegen.«

Ich legte mich flach auf den Boden, das Moos kitzelte durch das T-Shirt, auf dem ich lag, meine Brüste und Nippel, und streckte meinen Hintern ein wenig nach oben.

Trixster bestieg mich von hinten.

Er drückte seinen Schwanz zurück in meine Muschi, und

wieder fickte er mich genussvoll langsam und ausdauernd. Ich stöhnte gegen meine Hände, die ich unter der Stirn verschränkt hatte.

»Jaa!«, hauchte ich. »Jaaa, jaa, jaaa!«

Ich fühlte sein Gewicht auf mir, seine Brust und seinen Bauch auf meinem Rücken, sein Becken auf meinen Pobacken.

»Fick mich auch bitte in den Arsch«, bat ich leise, weil ich genau darauf jetzt Lust bekam.

Er küsste von hinten mein Ohrläppchen, meinen Nacken, meine Schulter und zog seinen Schwanz aus meiner Muschi. Dann setzte er ihn ein kleines Stückchen weiter oben an – ich war total entspannt – und drückte ihn fest und mit einer einzigen fließenden Bewegung tief in mich hinein.

»Jaaaah!«, keuchte ich.

Ich schickte meine linke Hand zwischen meine Schenkel, kraulte meinen Kitzler und seine Eier. Das Spiel gefiel ihm, und er begann fester in meinen Arsch hineinzustoßen, schneller.

Aus meinem süßen Rausch wurde wilde Geilheit.

Ich stemmte mich ihm entgegen und schrie.

Jetzt fickte er mich hart.

Ich rieb meine Klit heftiger. Er stützte sich mit den Händen auf meine Schultern auf, stöhnte nun ebenfalls lauter, wilder.

»Ich komme gleich«, keuchte er.

Und auch bei mir war es schon wieder soweit.

»Ja!«, ächzte ich unter seinen schweren Stößen. »Komm! Spritz in mich!«

Er stieß zu. Ich bäumte mich ihm entgegen, rieb meinen Kitzler noch schneller und meine freie Hand senkte sich haltsuchend in den Waldboden.

»Ja!«, schrie er auf.

»Ja!«, schrie auch ich ... und als ich spürte, wie er zuckend seinen Saft in mich pumpte, kam ich lang und anhaltend.

»Jaaaaaaaaaaaaaaaaaa!«, brach es hemmungslos aus mir heraus. Er ließ sich auf mich sinken und keuchte heftig in mein Ohr, küsste zitternd meine rotglühende Wange. Ich drehte meinen Kopf und küsste lächelnd seinen Mund.

»Hallo?!«, rief da jemand ganz in unserer Nähe. »Ist da jemand?«

Trixster zuckte zusammen und sprang auf, schaute sich suchend um. »Spaziergänger!«, sagte er geschockt.

»Na und?«, gurrte ich. Mir war es egal, ob mich jetzt jemand so sah. Ich war gründlich durchgefickt und befriedigt. Es fühlte sich fast richtiggehend erfüllt an.

»Wie, na und?!«, fragte *Trixster*. »Wenn uns jemand hier sieht?! Vielleicht noch jemand, der mich kennt.«

»Dann besitzen sie hoffentlich den Anstand, kommentarlos weiterzuziehen und uns hier in Ruhe noch ein bisschen ficken zu lassen«, lachte ich, und ich merkte, dass es mich plötzlich sogar anmachte, mir vorzustellen, beim Ficken beobachtet zu werden. »Oder uns zuzuschauen, ohne uns zu stören«, fügte ich deshalb hinzu.

»Sorry, aber darauf kann ich gar nicht.« Er war schon wieder in seine Hose geschlüpft und war jetzt richtig hektisch.

Soweit zum Thema Gelassenheit. Schade.

***

Fünf Minuten später saß ich wieder im Auto und war auf dem Weg nach Hause. Aber ich lächelte. Weil, auch wenn ich gern noch den ganzen restlichen Tag und den Abend im Wald gefickt hätte und ich es ein bisschen bedauerte, dass *Trixster* nachher so uncool war, so war es trotzdem gut gewesen mit ihm. Richtig gut!

lächel

10. 2HOT4U

Der kurze Gedanke am Ende des Treffens mit *Trixster*, nämlich der Gedanke, beim Sex beobachtet zu werden, hatte sich zunächst unbemerkt in mich gepflanzt, war langsam, fast ohne dass ich es merkte, gewachsen und gereift und hatte mich schließlich gepackt. Mit *Trixster* im Wald wäre ich lediglich beinahe erwischt worden. Jetzt reizte es mich, dass man mich dabei tatsächlich entdeckte und mir zuschaute. *Trixster* war dafür nicht der Richtige. Nur zu gut erinnerte ich mich noch daran, wie nervös er geworden war, als die Spaziergänger kamen, wie sehr ihn das aus dem Konzept gebracht hatte.

Es musste jemand anderes her.

Ich änderte für zwei Tage mein Internetprofil und schrieb ganz offen hinein, dass ich davon träumte, dass man mir beim Sex zusah.

Schon am nächsten Tag hatte ich reihenweise Messages. Die meisten davon aber waren von Pärchen, wo die Frau ihrem Mann gern dabei zuschauen würde, wie er eine andere fickt. Doch das war nicht das, was ich suchte. Ich wollte niemandem, zumindest keinem in das Spiel Eingeweihten, eine Show liefern. Ich wollte niemanden erregen. Vielmehr war mir danach, etwas Verbotenes zu tun, etwas Verruchtes. Irgendwo ficken, wo man es nicht durfte, wo es die Leute auf-, nicht erregen würde.

Da kam mir die Nachricht von *2hot4U* gerade recht.

*du wünschst dir zuschauer beim sex? uneingeladene, nehme ich an … *grins* … klingt verlockend. … ich will das auch schon lange mal machen … hab aber bis jetzt noch keine gefunden, die sich traut … was hältst du von einem sonntagsausflug auf der burg, hier in york? … da suchen wir uns dann ein schönes plätzchen, wo wir ficken können und wo man uns beobachten kann, ohne uns stören zu können oder uns gar die cops auf den hals zu schicken.*

… wie klingt das für dich?

sweet greetz!

2hot4U

Das klang krass … und genau nach dem, was ich wollte.

Als ich mich mit ihm in Verbindung setzte, mailte er mir ein paar Fotos von der Burg. Geradezu ideal für meine Phantasie. Es gab verschiedene Festungsteile, die nur von außen, und das auch noch sehr schwer, zugänglich waren. Auf einem dieser großen Boller der Burg zu ficken, garantierte, von oben herab von den Touristen beobachtet werden zu können, ohne dass man uns dabei stören konnte.

2hot4U und ich telefonierten ein paar Mal und verabredeten uns für den kommenden Sonntagmittag auf dem Parkplatz vor der Burg.

***

An dem besagten Morgen war ich natürlich wieder unheimlich aufgeregt und rollig. Ich zog ein Kleid an, packte aber in eine Tasche Jeans und T-Shirt, um mich nach der Aktion umziehen zu können, damit man mich nicht gleich erkannte, falls uns tatsächlich jemand die Cops auf den Hals hetzen würde.

Mir fiel auf, dass ich in letzter Zeit sehr oft Kleider trug, was ich früher viel seltener getan hatte. Kleider gaben mir viel mehr die Empfindung, eine Frau zu sein und zugleich ein kribbelnd wohliges Gefühl des Verfügbarseins. Ein Gefühl, das schon auf dem Weg zum Bahnhof meinen Schritt leichter und springender machte, weil ich die Blicke genoss, die mir die Männer, denen ich begegnete, zuwarfen. Wenn ich gewollt hätte, hätte ich einfach nicken müssen, um von irgendeinem jetzt und hier gefickt zu werden. Nie zuvor war mir das so stark bewusst gewesen ... und ich badete mich lächelnd in dieser Gewissheit.

Früher hätten mich ihre Blicke eingeschüchtert und verunsichert. Heute machten sie mich geil. Geil, aber auch selbstbewusst und stolz.

Ich stieg in den Zug und betrat einen Großraumwaggon. Dort fand ich eine leere Vierersitzgruppe und setzte mich. Ein bisschen Alleinsein würde mir die Chance geben, meine Phantasie schweifen zu lassen und das bevorstehende Date auf der Burg schon einmal im Vorfeld vor meinem geistigen Auge zu genießen.

Aber von wegen Alleinsein!

Der Zug fuhr gerade ruckelnd los, als sich mir, lächelnd und mit der Frage, ob denn hier noch frei sei, ein Mann gegenübersetzte, ohne die Antwort abzuwarten.

Er mochte vielleicht Mitte Dreißig sein und trug einen Anzug, weißes Hemd und Krawatte, an der Seite eine Aktentasche, was mich wunderte, weil doch Sonntag war.

Er lächelte noch einmal, packte dann eine Zeitung aus der Tasche und begann zu lesen.

Sein Lächeln war sympathisch, und seine dunklen Augen funkelten freundlich. Als er die Zeitung hochhielt, sah ich, dass er einen Ehering trug. Dann kuschelte ich mich in die Ecke des Sitzes, machte es mir bequem und betrachtete die vorbeihuschende Landschaft.

Die Wärme im Abteil und das rhythmische Rattern des Zuges ließen mich schnell schläfrig werden, und schon nach einer kleinen Weile war ich eingeschlafen.

Ich träumte von Sex.

Wie so oft in den letzten Wochen. Ich träumte davon, auf allen vieren zu knien und von hinten bestiegen zu werden, ohne zu sehen, wer es war, der mich fickte. Es war auch eigentlich fast egal. Hauptsache, der Fick war gut.

Männerhände kneteten meine Brüste, packten meine Haar, zogen meinen Kopf weit nach hinten, und ein harter, praller Schwanz fickte tief und fest in mich hinein; abwechselnd in meine Muschi und in meinen Arsch.

Als ich wach wurde, war ich klatschnass zwischen den Beinen.

Etwas hatte mich geweckt. Ich brauchte ein paar Sekunden, um mich zu orientieren. Der Mann, der mir vorhin noch gegenüber gesessen hatte, saß nun neben mir. Ich nahm an, dass mich sein Platzwechsel geweckt hatte.

Aber in Wirklichkeit war es seine Hand auf meinem Arm.

»Sie haben geträumt«, stellte er fest, und ich hörte deutlich, dass er sich Mühe gab, seine Stimme beruhigend wirken zu lassen. »Ein Albtraum? Sie haben sich ganz unruhig hin- und hergeworfen und gestöhnt.«

Ich schaute ihn an. Er schien wirklich besorgt zu sein.

»Nein, kein Albtraum«, beruhigte ich ihn und musste unwillkürlich breit grinsen. »Entschuldigen Sie, wenn ich Sie gestört habe.«

»Kein Albtraum?«, fragte er. »Es klang aber ziemlich heftig.«

Ich musste wieder grinsen. »Kein Albtraum«, versicherte ich ihm noch einmal. »Ganz im Gegenteil.« Röte schoss mir in die Wangen, und ich fragte mich, warum ich ihm das verriet. Aber in Wahrheit kannte ich die Antwort: Ich wollte weiterträumen ... aber nicht im Schlaf, ich wollte weiterträumen mit ihm ... hier im Zug.

»Hatten Sie noch nie einen feuchten Traum?«, fragte ich ihn keck, und für einen winzigen Augenblick lang war er irritiert.

»Sie meinen, richtig feucht?«, fragte er, aber grinste dann.

»Ich meine, richtig feucht!«, nickte ich, nahm seine Hand und schob sie mir unters Kleid. »So feucht!«

In einem der offenen Viererabteils uns schräg gegenüber saß ein älteres Pärchen, das genau zu uns hinübersehen konnte. Der Mann neben mir räusperte sich, ohne jedoch seine Hand von dort wegzunehmen, wo sie mich elektrisierte, und deckte seine Zeitung über seinen und meinen Schoß.

Dann fing er an, so unauffällig wie möglich, mit meiner Muschi zu spielen. Er massierte meine Schamlippen zwischen seinen Fingerspitzen und verteilte meine Nässe überall und gleichmäßig.

Die ältere Frau schaute ganz entrüstet von dem Buch, das sie las, hoch und stieß ihrem Mann in die Seite. Jetzt blickte auch er auf, guckte weniger böse als seine Frau, eher neugierig und interessiert. Ich lächelte ihn an, während der Mann neben mir einen Finger in mich schob. Er lächelte zurück und seine Frau knuffte ihn noch einmal in die Seite, zischte ihm etwas zu. Es sah so aus, als erwartete sie von ihm, einen Schaffner zu holen. Doch er blaffte sie an, und sie schwieg.

Ich griff unter der Zeitung nach dem Reißverschluss meines Sitznachbarn und öffnete seine Hose. Meine Hände zitterten vor Erregung, weil er das Spiel in meiner Muschi richtig klasse draufhatte. Mit dem Mittelfinger fickte er mich, mit Zeige- und Ringfinger streichelte er meine Schamlippen und mit dem Daumen rieb er meine immer praller und wärmer werdende Klit.

Auch sein Schwanz war schön prall und warm, als ich ihn

auspackte, und drückte ihn mit ausgestreckten Fingern schön flach unter die Zeitung, spielte auch ein bisschen kraulend mit seinen Eiern.

Das Spiel machte mich immer geiler.

Der ältere Mann schaute uns zu, und seine Frau tat so, als würde sie uns überhaupt nicht wahrnehmen. Aber auch sie blickte immer wieder auf. Und so sehr ich sie auch in meiner Geilheit anlächelte, sozusagen um Verzeihung oder wenigstens Verständnis bat, war ihr Blick missmutig und entrüstet.

Mein Saft floss über die Finger des unbekannten Lovers, und mir wurde rot vor Augen vor Lust. Ich rieb seinen Schwanz jetzt etwas fester, gleichmäßiger.

»Ich spritz ein Loch durch die Zeitung, wenn Sie so weitermachen«, presste er flüsternd zwischen seinen Zähnen hervor.

»Das will ich sehen!«, lachte ich mit rauer Stimme auf.

»Ich würde aber viel lieber in Sie spritzen«, sagte er einladend grinsend.

»Oder *auf* mich?«, gurrte ich verführerisch. »In mein Gesicht? Auf meine Brüste?«

»Oh ja!«, stöhnte er, und ich fühlte, dass es ihm gleich kommen würde.

Was ich jetzt tat, geschah alles unglaublich schnell.

»Nehmen Sie die Zeitung hoch!«, raunte ich ihm leise, aber drängend zu.

»Was?!« Er verstand nicht.

»Die Zeitung!«, sagte ich. »Nehmen Sie sie gleich hoch und dann sofort wieder runter.«

Er tat es. Und in dem Moment, in dem er die Zeitung hochnahm, rutschte ich vom Sitz und landete kniend zwischen seinen gespreizten Schenkeln. Hinter meinem Rücken nahm er sofort wieder die Zeitung nach unten. Diesmal aber aufrecht haltend, sodass das ältere Pärchen hinter mir zwar sah, dass ich auf dem Boden kniete, mehr aber auch nicht.

Ich öffnete, während ich mit der Rechten seinen Schwanz schnell und gierig wichste, mit flinken Bewegungen meiner Linken die oberen Knöpfe meines Sommerkleides und holte meine Brüste aus dem BH, sodass mein Lover sie gut sehen konnte. Dann wichste ich ihn immer schneller und heftiger, dabei quetschte ich abwechselnd seine pochende Eichel mal gegen den linken, mal den rechten Nippel.

»Das ist ja unerhört!«, hörte ich die Frau hinter mir sagen. »Ich hole jetzt den Schaffner!«

Doch da kam es meinem unbekannten Reisebegleiter auch schon in drei starken Fontänen. Die ersten beiden davon spritzten mir gegen die Brust, die dritte mitten ins Gesicht und auf die Wangen.

Sein Sperma war warm und klebrig und fühlte sich an, wie die Belohnung für eine kleine Schelmerei.

Dann stopfte ich eilig seinen noch harten Schwanz in die Hose, schloss den Reißverschluss und die Knöpfe meines Kleides, wischte mir das Sperma von der Wange und verstaute meine klebrig nassen Brüste in dem BH, während ich aufstand und mich wieder neben ihn setzte.

»Was ist denn passiert?«, fragte ich die ältere Dame, die bereits aufgestanden war, ganz unschuldig, aber schwer und erregt atmend. »Haben Sie irgendetwas gesehen?«

Sie grummelte böse, setzte sich aber wieder. Ihr Mann grinste und legte seine Hand auf ihren Oberschenkel. Sie schlug ihm mit ihrem Buch darauf.

Ich war zufrieden.

Aber nicht befriedigt.

»Können Sie noch mal?«, fragte ich meinen Nachbarn flüsternd.

Er grinste und zwinkerte mir zu.

»Aber nicht hier!«, sagte er, und ich nickte.

Also standen wir auf und verließen den Waggon.

Der Zug war relativ leer, sind die meisten Züge Sonntagmittags, und schon nach wenigen Minuten hatten wir ein völlig leeres Sechserabteil gefunden.

»Wie heißen Sie?«, wollte der Mann wissen, als wir uns hineinstahlen.

»Ist das wichtig?«, fragte ich und deutete auf seinen Ehering.

»Nein, ist es nicht«, lachte er und griff mir zwischen die Schenkel. Ich war noch immer klatschnass, und zwei seiner Finger flutschten wie von selbst in mich hinein.

Ich stöhnte auf und fasste nach seinem Schwanz.

Ruckzuck hatte ich ihn wieder rausgeholt und mit nur wenigen knetenden Griffen noch einmal hartgemacht. Ich drehte mich herum und streckte ihm meinen Arsch entgegen.

»Fick mich hart!«, bat ich atemlos vor Geilheit, und mit einer einzigen festfließenden Bewegung spießte er mich mit seinem Schwanz so tief auf, dass ich seine Eier an meiner Muschi fühlen konnte.

Ich stützte mich mit den Händen an der Wand ab und presste ihm meinen Schoß kreisend entgegen. Doch er wollte ganz allein den Rhythmus bestimmen und hielt mich fest gepackt. Das gefiel mir.

Er war etwas größer, und so stieß sein Schwanz von schräg oben und leicht seitwärts in meine Muschi hinein, rieb sich da in mir, wo es besonders guttat. Mit einer Hand griff er um mein Becken herum und bekam meinen Kitzler zwischen die Finger. Dieser Mann wusste genau, was er tat. Er fickte und er rieb mich. Beides hart und schnell.

Mir wurde wieder rot vor Augen. Ich konnte mich kaum

noch an der Wand festhalten, und meine Beine wollten mir ihren Dienst versagen.

Und so dauerte es auch nur wenige Sekunden, bis ich klatschnass geschwitzt war und unter seinen heftigen, tiefen Stößen laut stöhnend kam.

***

Ich stieg eine Station vor York aus ...

... und nahm den Zug zurück nach Liverpool.

Das Kätzchen war satt für heute.

grins

11. Fallen_Angel

Ich fühlte mich inzwischen endlich so frei, begehrenswert und gelöst, wie ich es mir schon immer zu sein gewünscht hatte. Ich war seinerzeit in dieses große Abenteuer »Internet« losgezogen, weil ich schon lange gefühlt hatte, dass Flo bei mir einfach nicht die richtigen Saiten anschlug, um all das Leben und die Lust zu wecken, die in mir schlummerten. Mittlerweile, wenn ich genauer betrachtete, wie all die anderen Männer sich mir gegenüber verhielten, hatte ich inzwischen sogar das sichere Gefühl, dass Flo mich absichtlich hatte hungern, ja entbehren und vegetieren lassen. Vielleicht aus Angst davor, ich könnte ihm und dem, was er zu geben fähig und willens war, über den Kopf wachsen und ihm damit mehr und mehr entgleiten. Die wenigen Male, die wir jetzt überhaupt noch Sex hatten, schien es mir sogar fast so, als würde ich immer, wenn ich auch nur ein bisschen wilder und fordernder wurde, ein leicht ängstliches Flackern in seinen Augen erkennen. Ich hatte das Gefühl, er gab sich Mühe, noch früher zu kommen, um eine Entschuldigung dafür zu haben, nicht weitermachen zu müssen, weil er ja so erschöpft und ausgepowert war.

Ich ahnte allmählich, dass er absichtlich von Anfang an unserer Beziehung nicht mehr Hunger in mir geweckt hatte, weil er wusste, dass er den, wenn erst einmal entfacht, nicht würde stillen können.

Aber jetzt war er geweckt, dieser Hunger. Und wie es nun einmal in der Natur des Menschen zu liegen scheint, war es ein typischer Hunger nach mehr.

Wenn ich jetzt online ging, war es nicht mehr so sehr, um irgendjemanden zum Poppen klarzumachen. Vielmehr war es inzwischen, nicht zuletzt hervorgerufen durch die Begegnungen mit *2hot4U*, *Trixster* und *backdoor_BANGER*, die Lust auf das Außergewöhnliche, Lust auf das Besondere, das Exotische.

Das wurde mir klar, als ich im Chat das Profil von *Fallen_Angel* entdeckte.

Name: Fallen_Angel
Alter: 31
Ort: Winsford
Ich suche: Abenteuer

Vorlieben:
1. die nacht
2. düstere romantik
3. rote lippen
4. küsse im schatten
5. scharfe zähne

Abneigungen:
1. fantasielosigkeit
2. seelenkälte
3. ---
4. ---
5. satanisten

zu mir:
sei mein, tochter der nacht!
reich mir deine weiche kehle dar zum biss,
schenk dich und deine lust dem fürsten der dunkelheit,
der von dir kosten und sich berauschen wird.
der dich laben wird mit seiner gier,
das tier in dir zu wecken, das schon zu lange schlummert.
schenk dich dem gefallenen engel … gehöre dem VAMPIR!

Eigentlich viel zu pathetisch für meinen Geschmack. Aber das Bild, das er zu seinem Profil geladen hatte, zeigte die Zeichnung eines Vampirs, der gerade einem bleichhäutigen Bauernmädchen mit ziemlich tief ausgeschnittenem Dekolleté in die ihm dargereichte Kehle biss.

Und das machte mich zugegebenermaßen ziemlich an.

Des Nachts einem Vampir zu begegnen … in der dunklen Ecke einer verlassenen Straße … in seinen Bann gezogen zu werden … keine Chance zur Flucht haben … willenlos ihm zu gehören … seinen Biss … seine wilde Kraft … all die Dinge, die nach dem Biss in den Hals geschehen … animalische Gier.

Ich schrieb ihn an, und er antwortete sofort.

Mein Foto gefiel ihm, und das von ihm, das er mir per E-Mail schickte, gefiel mir.

Er war recht schlank, hatte langes braunes Haar und einen kleinen Kinnbart … und dunkle, melancholische Augen. Er sah tatsächlich so aus, wie man sich einen gefallenen Engel vorstellt … also ein bisschen wie Jesus, nur düsterer, oder wie Brad Pitt, aber nicht so glattrasiert und fahl wie in »Interview mit dem Vampir«, eher wild und magisch wie in »Legenden der Leidenschaft«.

Also ließ ich mir seine Handynummer geben und rief ihn

an. Auch seine Stimme passte, sie war tief und eindringlich. Er sprach langsam und deutlich, ein bisschen hypnotisch. Aber eigentlich hätte er sich diese Mühe gar nicht machen müssen. Denn es hatte mich schon gepackt. Zugegebenermaßen war es zwar eher meine eigene Vorstellung, wie es wohl sein müsste, einem Vampir zu begegnen, die mich so anmachte, aber wie er aussah und wie er klang, färbte die Phantasie, die ich ohnehin schon hatte, auf sehr angenehme Weise.

Als Treffpunkt vereinbarten wir eine Kirche in einem kleinen Ort in der Nähe von Winsford, gleich heute, kurz nach Sonnenuntergang.

Mir war bei dem Gedanken ganz schön mulmig zumute.

Aber genau so sollte es ja auch sein.

Ich zog mir ein leichtes wehendes Sommerkleid an, frisierte meine Haare offen, benutzte ganz absichtlich so gut wie gar kein Make-up, aber schminkte dafür die Lippen ganz besonders tiefrot.

Ich schaute in den Spiegel und war recht zufrieden mit mir, Ich sah tatsächlich ein bisschen so aus wie ein Bauernmädchen nach dem Erntefest, ganz so, wie das Mädchen auf seinem Profilbild. Nur die Schuhe passten nicht. Also zog ich sie wieder aus. Warum sollte ich nicht barfuß kommen?

Dann überlegte ich noch einmal ... und zog auch String und BH wieder aus. Wenn man ein Spiel spielt, soll man es richtig spielen. Und einem Vampir williges Opfer sein zu wollen, war eindeutig ein Spiel. Ein sehr reizvolles Spiel.

Ich spürte das bekannte Kribbeln zwischen den Schenkeln und machte mich auf den Weg.

***

Der Zug erreichte das kleine Dorf kurz vor Sonnenuntergang. Auf dem Bahnhof war kein Mensch, noch nicht einmal ein

Bahnbeamter. Die Ruhe war gespenstisch.

Ich trat auf die Straße hinaus auf einen kleinen Dorfplatz und sah von dort aus direkt auf die beschriebene Kirche. Auch sie wirkte verlassen. Die große Tür stand ein wenig offen.

Ich ging hinein.

Drinnen war es kühl und noch dunkler als draußen. Nur wenig Licht von der untergehenden Sonne fiel durch die hohen bemalten Bleiglasfenster hinter dem Altar.

»Hallo?«, rief ich in die Stille hinein und lauschte dem hohlen Echo meiner eigenen Stimme. Aber eine Antwort erhielt ich keine. Ich ging die Bänke entlang nach vorn. Da! Hatte ich da in der Nische neben dem Altar gerade einen Schatten huschen gesehen? Ich kniff die Augen zusammen und schaute noch einmal hin. Doch es war nichts zu erkennen. Langsam ging ich weiter, und ich merkte, dass mein Herz vor Aufregung wummerte. Oder war es Angst?

Ich erreichte den Altar genau in dem Moment, in dem draußen die Sonne vollends unterging. Die Nische, in der ich eben das Huschen zu sehen geglaubt hatte, war leer. Ich musste mich wohl getäuscht haben.

Da quietschte das große Kirchenportal hinter mir, und ich wirbelte aufgeschreckt herum. Jemand hatte es geschlossen! Von innen oder von außen? Mir schlug das Herz bis zum Hals. Jetzt war es hier drin fast stockdunkel. Nur die wenigen Büßerkerzen am Eingang spendeten noch schwaches Licht. Und in diesem schwachen, flackernden Licht erkannte ich jetzt allmählich eine hochgewachsene schlanke Gestalt.

Der gefallene Engel!

Ganz still und bewegungslos stand er da und schaute mich mit seinen dunklen, melancholischen Augen eindringlich und lange an. Unglaublich lange. Ich konnte nur sein Gesicht deutlich sehen, der Rest seines hochgewachsenen, athletischen Körpers lag im Schatten verborgen.

Völlig irrational, schließlich wusste ich doch, dass ich es nicht mit einem echten Vampir zu tun hatte, und natürlich auch, dass es Vampire überhaupt nicht gibt, brach plötzlich Panik in mir aus. Ich begann unkontrolliert zu zittern und mein Herz flatterte panisch rasend wie ein kleiner Kolibri in einem viel zu engen Käfig. Ich wollte etwas sagen, vielleicht sogar um Hilfe schreien, aber mir versagte die Stimme.

Es ist nur ein Chatter mit einer exotischen Phantasie!

Es ist nur ein Chatter!

Es ist nur ein Chatter!, sagte ich mir immer und immer wieder. Aber ganz tief in mir drin gab es etwas, das sich in diesem Moment dieser Tatsache nicht wirklich sicher war. Was, wenn ich mich irrte und es mit einem wirklichen Vampir zu tun hatte? Oder statt mit einem Mann, der gern mal, um Abwechslung in sein Sexleben zu bringen, Vampir spielte, mit einem psychopathischen Irren, der glaubte, wirklich ein Vampir zu sein?

Es war furchtbar leichtsinnig von mir gewesen, hier so einfach aufzutauchen.

Aber auch nicht leichtsinniger, als die ganzen anderen Treffen zuvor!, sagte meine innere Stimme. *Und bisher ist doch alles gutgegangen. Mehr als gut sogar. Du hattest jede Menge Spaß!*

Nicht weil mich diese Stimme beruhigte, sondern weil es keine Alternative dazu gab, riss ich mich zusammen, zwang mich dazu, tief und gleichmäßig zu atmen.

Da setzte *Fallen_Angel* sich langsamen Schrittes in Bewegung und kam auf mich zu. Jetzt konnte ich sehen, dass er über seinen nicht gerade schmalen Schultern ein langes und sehr weites schwarzes Cape trug, das bis hinunter zu seinen Füßen reichte. Völlig ohne Eile, aufrecht und hocherhobenen Kopfes, legte er die Entfernung vom Portal hierher zum Altar zurück.

Ich wollte etwas sagen, um die Spannung zu lösen. Irgendetwas Albernes oder Lockeres. Doch zugleich wollte ich genau diese Spannung nicht zerstören, denn ich erkannte, dass sie mir Lust bereitete. Eine seltsame Lust vielleicht, das gebe ich zu. Aber eine ehrliche Lust.

Ich fühlte, wie sich meine Nippel zusammenzogen und es in meinem Unterleib pochend zu pulsieren begann. Zugleich hatte ich plötzlich das Gefühl, ganz deutlich zu spüren, wie das Blut durch meine Halsschlagader rauschte und sehnte mich nach einem gierigen Kuss auf genau diese Stelle.

Dem Kuss eines Vampirs.

Dennoch wich ich mit unsicheren Schritten zurück ... die flachen Stufen hinauf zum Altar, die er erreichte, als ich gerade oben angelangt war. Er blieb stehen und betrachtete mich mit ruhigem Gesicht. Ich lächelte irgendwie gezwungen, wollte nun doch etwas sagen, weil ich die Spannung nicht länger ertragen konnte. Doch ich machte kaum den Mund auf, als er einen Finger auf seine Lippen legte und mir bedeutete zu schweigen.

Dann schritt er zu mir die Stufen empor.

Er war wirklich ausgesprochen groß, vielleicht eins fünfundneunzig, und seine Haltung tadellos. Sein Gesicht war markant und hatte durchaus etwas Aristokratisches. Er streckte seine Hand nach meiner Wange aus und berührte mit völlig ruhigen Fingern meine Haut.

Er lächelte sanft ...

... und plötzlich war alle Angst von mir abgefallen.

Ich glaube, in dieser ganz speziellen, unglaublich knisternden Sekunde wäre es mir scheißegal gewesen, wenn er wirklich ein Vampir gewesen wäre, so sehr hatten mich er und meine eigenen Phantasien in den Bann geschlagen.

Ihm schien zu gefallen, was er sah.

Ich legte den Kopf zur Seite und bot ihm meinen Hals dar.

Die eine Hand noch immer an meiner Wange, griff er mit der anderen nach meiner Schulter, streifte das leichte Sommerkleid ein wenig zur Seite ... und dann senkte er sein Gesicht, seine vollen Lippen und seine strahlend weißen Zähne auf meine Haut.

Plötzlich geschah etwas, was noch nie zuvor geschehen war: Ich kam durch einen einzigen Kuss auf meinen Hals! Ich nehme an, es war die Anspannung, die sich so entlud, aber mit Gewissheit kann ich es nicht sagen.

Auf jeden Fall kam ich – gewaltig!

Er packte mich, zog mich dichter in seine Arme, öffnete die Lippen und biss in meinen Hals. Meine Nippel brannten an seinem festen Bauch. Ich konnte seinen harten Schwanz durch seine Hose hindurch an meinem Bauch spüren, und er saugte ... saugte ... saugte.

Ich stöhnte heiser auf.

Er hob mich wie eine Puppe hoch und legte mich auf den Altar, griff nach meinen Schenkeln und schob mein Kleid nach oben. Als er sah, dass ich nackt war, zog er begeistert die Luft zwischen seinen herrlich weißen Zähnen hindurch ein. Dann legte er meine Brüste frei, sie glühten innerlich wie Lava, und als er seine Zähne auch in sie schlug, verlor ich vor Lust fast den Verstand.

Er nagte in sie hinein, nahm sie zwischen seine Zähne, zog an ihnen, und es hörte sich so an, als würde er mich auffressen. Ich krallte meine Hände an den Seiten des Altars fest und drückte mich und mein Fleisch seinen gierigen Bissen entgegen, den festen kennenden Griffen seiner Hände, mit denen er jetzt meinen Leib zu erforschen und zu erobern begann.

Plötzlich, ich hatte jedes Zeitgefühl verloren, stand er zwischen meinen Schenkeln … spreizte sie ... tauchte mit dem Gesicht dazwischen ... biss wieder zu. Ich schrie auf vor Lust und Geilheit. Ich fühlte seine raue Zunge und seine Zähne an, und seine schlanken starken Finger in mir, auch spürte ich, wie ich dabei nass und nasser wurde, förmlich auslief. Fast war mir, als wäre es tatsächlich Blut, das da über meine Schenkel floss.

Willenlos ließ ich mich über den harten Altar bis hin zum Rand ziehen. *Fallen_Angel* richtete sich auf und stand nun vor mir mit seinem weiten Umhang. Er spreizte meine Beine noch weiter, und plötzlich waren es nicht mehr seine Finger, die in mich drangen.

Er fickte mich mit festen langsamen Stößen und verkrallte sich dabei mit seinen kräftigen Fingern in meinen Brüsten. Sein Gesicht blieb dabei überirdisch gelassen, und ich konnte nicht anders, als ihm die ganze Zeit, in der sein harter Schwanz im gleichmäßigen Takt in mir vor- und zurücktanzte, ohne zu blinzeln in die dunklen fesselnden Augen zu schauen.

Mein Mund war ausgetrocknet und mein Stöhnen heiser. Meine Brüste brannten unter seinen Berührungen wie Feuer und meine Muschi zuckte hungrig.

Ich war williges Opfer seiner und meiner eigenen animalischen Gier. Ja, in diesem Moment war ich wirklich eine Tochter der Nacht, die dem Fürsten der Dunkelheit huldigte, sich von ihm benutzen und frei nach seiner düsteren Lust nehmen ließ.

Mit jedem Fickstoß schlug mir das Herz bis zur Kehle. Ich packte seine Handgelenke, presste sie noch fester auf meine harten Brüste, und noch fester wurden nun auch seine Stöße.

Und schneller.

Tiefer.

Fester.

Schneller!

Tiefer!

Fester!!!

Ich warf den Kopf weit in den Nacken zurück, bäumte mich auf und kam. Mein Schrei war stumm und langanhaltend. Alles in mir verkrampfte sich. Mein Haar klebte mir schweißnass und kühl auf der heißen Stirn. Der Atem hielt sich ganz von selbst an. Mein Herz schien zu bersten.

Dann sackte ich erlöst in mich zusammen – völlig entspannt, aber plötzlich wieder heftig atmend.

Ich schaute auf zu meinem dunklen Fürsten.

Doch er war verschwunden.

Ich blickte mich suchend um, rief nach ihm.

Nichts. Er war weg. Wie vom Erdboden verschluckt.

***

Und als ich ihm noch in der gleichen Nacht von zu Hause aus eine Nachricht schreiben wollte, um ihm für diese besondere Begegnung zu danken und ihm zu sagen, dass ich unser Treffen gern wiederholen würde, war sein Profil gelöscht. Auch auf seinem Handy hatte ich keinen Erfolg.

Der gefallene Engel hatte keine Spuren hinterlassen ...

... außer einem großen blauen Fleck an meinem Hals und ein paar kleineren an meinen noch immer hungrig brennenden Brüsten.

12. xXx-Dream

SEI MEINE HURE!

Diese Nachricht in meinem Chat-Postfach kam von einem Typen mit dem Nickname *xXx-Dream* und ich hätte sie beinahe direkt gelöscht, weil sie mir ganz einfach zu plump war. Klar reizt der Gedanke, wenigstens einmal im Leben für einen Mann einfach nur Hure zu spielen, käuflich zu sein ... zur Verfügung zu stehen ... benutzt zu werden. Aber dann bitte mit etwas mehr Stil. Schließlich gibt es Huren und Huren; billige Straßenstricherinnen auf der einen, edle Luxushuren auf der anderen Seite. Wenn ich in meinen Selbststreichel-Phantasien manchmal Hure war, dann immer von der teuren, der exklusiven Sorte, gestylter Besuch eines reichen Geschäftsmannes in der Suite seines Nobelhotels, und so weiter.

Doch bevor ich die kurze, aber aussagekräftige Nachricht löschte, wollte ich mir das Profil dieses *xXx-Dream* einmal anschauen.

ich bin nur an reinen fick-beziehungen interessiert. wenn du also lust hast und nicht hässlich bist oder gar dumm, melde dich bei mir!
ich bin fest gebunden und durch meinen job als DJ abends

zeitlich stark eingeschränkt. daher können treffen nur tagsüber stattfinden und niemals bei mir zu Hause. ohne aussagekräftige fotos geht gar nichts!
ich steh auf rollenspiele.
bin nicht an wiederholungen interessiert. einmal treffen, ficken, und dann ist gut. alles andere macht zu viel stress!

Na, das war ja mal eine klare Ansage!
lach
Im Grunde genommen suchte er das Gleiche wie ich, er brachte es nur härter rüber. Das Stichwort, das mich an seinem Text reizte, war »Rollenspiele«. Für *backdoor_BANGER* die willige Anhalterin zu spielen und mich für *Fallen_Angel* als Bauernmädchen oder vielmehr als Vampir-Beute zu verkleiden, hatte mir Spaß gemacht. Nein, Spaß ist das falsche Wort, es hatte mich inspiriert, inspiriert und erregt. Wieso nicht auch einmal Hure spielen?
Das Foto, das er im Profil hatte, war ganz okay. Das Gesicht war vielleicht eine Spur zu weich und glattrasiert. Trotz seiner angegebenen neunundzwanzig Jahre sah er aus wie vielleicht Anfang Zwanzig, aber ich fand seinen dunkelblonden Kurzhaarschnitt und sein aufgesetztes »Ich-bin-ein-Star-Grinsen« ganz niedlich.
Ich überlegte ...
... aber er kam mir zuvor.

xXx-Dream: ... gibt's noch andere pics von dir?

Vermutlich hatte er gesehen, dass ich auf seiner Seite war.

sweet_princess: ... gibt es! ☺

xXx-Dream: ... ich meine ›aussagekräftige‹!

sweet_princess: ... is mir klar! *grins*

xXx-Dream: ... schicken!

sweet_princess: ... wie heißt das zauberwort?

xXx-Dream: JETZT!

Ich musste lachen. Ganz schön dreist, das Kerlchen.

sweet_princess: ... mail-ad?

Er nannte mir seine Mail-Adresse.

Ich, stolz wie nix, schickte ihm ein paar von den gewagten, die ich extra für *backdoor_BANGER* geschossen hatte.

Es dauerte eine Weile, ehe er antwortete.

xXx-Dream: ... ganz nett ... aber ich meinte eigentlich richtig scharfe ... mit action drauf.

sweet_princess: ...action??? *grübel*

xXx-Dream: ... n paar nuttige halt ... mit fingern und dildo-spielchen ... halt was, was richtig anmacht ...

sweet_princess: ... wie bist DU denn drauf? *kopfschüttel*

xXx-Dream: ... jetzt spiel mir hier nicht die klosterschülerin! ... ich such echte frauen, keine kleinkinder!

Das war mir dann doch zu dreist, und ich ging, ohne mich zu verabschieden, offline. Das Schöne am Internet ist, dass man die Menschen am anderen Computer nur so nahe an sich heranlassen braucht, wie man will. Machen sie einen Schritt zu weit, ignoriert man sie einfach!

Da fiel mir Flos Digi-Cam ins Auge. Ich hatte sie ihm nach

dem letzten Shooting für *backdoor_BANGER* noch nicht wieder zurückgebracht. Ich musste schmunzeln, als ich sie sah … und begann mich auszuziehen. Für diesen *xXx-Dream*-Deppen würde ich keine schießen, aber für mich!

grins

Nur im Slip ging ich zum Nachttisch und holte meinen Dildo raus. Dann setzte ich mich mit dem Gummischwanz und der Digi-Cam vor dem Wandspiegel auf den Boden und fing an, ein bisschen an mir herumzuspielen.

Ich schob den Slip zur Seite und leckte die Gummi-Eichel schön und reichlich nass. Dann rieb ich damit über meinen Kitzler. Wenn ich bisher noch nicht richtig rollig war, wurde ich es jetzt. Der warme Gummi zauberte ein angenehmes Kribbeln in meinen Schoß. Ich machte zwei Fotos davon. Dann legte ich die Cam zur Seite und spielte ein bisschen intensiver, zog meine Lippen auseinander und steckte die Dildospitze ein Stückchen in mich hinein.

Jetzt brauchte ich keine Spucke mehr, um ihn nass zu machen. Ich stöhnte leise, drehte ihn in mir herum, ohne aber tieferzustoßen. Meine Oberschenkel zuckten leise auf und meine Augenlider wurden schwerer. Das Herz klopfte ein wenig schneller und entsprechend hastiger wurde mein Atem. Wie immer bei einem Warm-up eben.

Ich schoss noch ein paar Pics. Hätte aber auch zu gern dabei meine Nippel gestreichelt und gezwickt. Aber ich hatte einfach zu wenige Hände. Da kam mir eine Idee. Ich stand auf und ging hinüber ins Bad, wo ich von der Waschmaschine zwei Wäscheklammern aus dem Körbchen nahm. Vor dem Badezimmerspiegel heftete ich sie mir an.

AUTSCH!

Erst tat es ganz schön weh und meine Nippel brannten wie

Feuer, aber es machte mich auch an, die Klammern an meinen Brüsten zu sehen und zu fühlen.

Ich ging zurück ins Wohnzimmer und machte auch davon ein paar Bilder. Dann stellte ich den Dildo mit der stumpfen Seite auf den Boden, ging in die Hocke und spießte mich auf. Ein gewaltiges Zittern strömte durch meinen Leib. Meine Muschimuskeln zogen sich zusammen, packten den Gummischwanz fester.

Mich dabei im Spiegel zu betrachten und mit der Cam den perfekten Schuss zu suchen, machte mich noch geiler. Ich knipste drauflos ...

... und ich fickte drauflos.

Vom braven denkenden Menschen zum geilen selbstvergessenen Tier in nur drei Minuten. Sex ist etwas Herrliches!

Wie eine Skiabfahrtsläuferin hockte ich auf meinen Fersen und wippte mit meinem Becken auf und ab, die Nippel geklammert, den inzwischen nass schimmernden Dildo in meiner Muschi durch den Spiegel dabei beobachtend, wie er in mich rutschte und wieder heraus ... und wieder hinein ... und wieder heraus ... und wieder hinein.

Es dauerte nicht lange, bis es mir kam.

Zwar nicht besonders heftig oder umwerfend, aber ganz okay.

Dann ging ich mit dem Dildo unter die Dusche, um mich und ihn sauberzumachen, kam dabei ganz schnell noch einmal auf dumme Gedanken und benutzte ihn jetzt ausgiebig zusammen mit dem harten Brausestrahl der Dusche.

Jetzt wo ich keine Digi-Cam mehr in der Hand hatte, konnte ich es mir richtig besorgen, und weil ich schon ziemlich heiß war, gleich auch wild und hemmungslos. Bis zum Anschlag.

Dieser zweite Orgasmus war um einiges heftiger. Meine Knie zitterten und es drehte sich alles. Ich musste mich ein paar Sekunden lang auf den Boden der Dusche setzen, um nicht umzukippen. Dann, als ich mich wieder erholt hatte, frottierte ich mich gründlich ab und zog mich wieder an.

Schließlich ging ich erneut online, um meine Mails zu checken. Natürlich loggte ich mich auch noch mal im Chat ein. So ganz nebenbei eben.

Hat's Spaß gemacht??! *grins*

Die Nachricht war von *xXx-Dream*.

xXx-Dream:	... schick sie mir gleich rüber ... mail-ad haste ja ...
sweet_princess:	... hab keine ahnung, was du meinst ...
xXx-Dream:	... na die pics, die du grad von dir gemacht hast ...
sweet_princess:	... wie kommst du drauf, dass ich welche gemacht hab?
xXx-Dream:	... weil's immer dasselbe ist mit euch mädels ... erst zieren bis zum gehtnichtmehr und dann doch machen ... weil ihr's ja eigentlich selber wollt ...

Es gibt nichts Erschreckenderes als einen Mann, der eine Frau durchschaut ... und zugleich nichts Reizvolleres.

sweet_princess:	... scheinst dich ja auszukennen ...
xXx-Dream:	... man kommt eben rum ... ☺

Es war das erste Mal, dass er lächelte. Trotzdem schwieg ich.

xXx-Dream:	... lust, meine kleine hure zu spielen? ... ziehst dir was besonders geiles an ... und kommst dann zu mir ... wie'n hausbesuch eben ... nur ohne kohle ...

Ich war hin- und hergerissen. Auf der einen Seite ging mir der Typ irgendwie auf die Nerven mit seinem Macho-Gehabe und seiner Dreistigkeit, auf der anderen Seite aber machte mich der Gedanke daran, für einen Kerl eine Nutte zu spielen, schon ziemlich an.

Ich dachte an provozierende Dessous, schlampenhafte Frisur und Schminke, und daran, mich einfach, ohne zu denken, benutzen zu lassen.

Und schon war ich wieder nass!

grins

Also schickte ich ihm die Fotos, und kurz darauf telefonierten wir, um Treffpunkt und Zeit klarzumachen.

***

Am nächsten Tag hatte ich an der Uni außer meinen Schreibsachen und Büchern noch eine zweite Tasche dabei. Darin hatte ich Lederstiefel, schwarze Dessous, halterlose Strümpfe und Schminkzeug verstaut, weil ich direkt nach der letzten Vorlesung zu *xXx-Dream* nach Preston fahren wollte. Ich würde mich im Zug umziehen und für unser Date zurecht machen.

Richtig konzentrieren konnte ich mich an diesem Vormittag nicht auf die Vorlesungen, dafür schweiften meine Gedanken zu oft ab. Ja, ich wollte heute eine Hure sein. Nicht Geist sein, nicht Seele, nicht Verstand ... nur Körper. Nicht jemanden treffen, um meiner Lust zu frönen oder die Gemeinsame zu schüren ... nein, jemanden treffen, um seiner Lust zu dienen.

Dazu gezwungen zu werden, muss etwas ganz Furchtbares sein. Es aber freiwillig tun zu wollen, fühlte sich gut an.

Am liebsten wäre ich gleich losgefahren. Aber da wir uns erst für drei Uhr nachmittags verabredet hatten, konnte ich genauso gut meine Zeit hier im Hörsaal absitzen.

***

Endlich war es soweit, und ich fuhr mit dem Bus zum Bahnhof. Der Zug hatte den Bahnhof noch nicht verlassen, da war ich auch schon auf der Toilette, um mich umzuziehen. Raus aus Jeans, Pulli und Sneakers, hinein in schwarze Spitze, halterlose Strümpfe, Strapse und Stiefel. Dann die Haare wuschelig gesprayt, die Lippen knallrot und die Augen schwarz geschminkt. Kurzer Lederrock, bauchfreies Schlauchtopp und über das Ganze einen langen dünnen Sommermantel, damit ich mich unbehelligt auf die Straße trauen konnte.

Ich war gerade fertig, als der Zug den Bahnhof auch schon erreichte. Von hier bis zu unserem Treffpunkt nahm ich ein Taxi.

Der Fahrer blickte mich fragend an, als ich ihm die Adresse nannte und wollte wissen, ob ich mir da sicher sei. Ich schaute noch einmal auf den Zettel und wiederholte die Adresse. Er nickte brummend und fuhr los.

Als wir etwas außerhalb der Stadt am Ziel ankamen, wusste ich, warum der Taxifahrer nachgehakt hatte, denn wir standen vor einem alten abbruchreifen Fabrikgebäude aus rauchgeschwärzten Ziegeln und mit zerschlagenen Fenstern.

Ich fand die Location geil.

Dieser *xXx-Dream* hatte Phantasie. Das gefiel mir.

Ich zahlte das Taxi und stieg aus. Der Fahrer schaute mich noch einmal mit seltsamem Blick von oben bis unten an.

»Hier haben Sie meine Karte ... für den Weg zurück.« Er drückte mir seine Visitenkarte in die Hand und fuhr dann davon.

Ich war allein.

Um mich herum war es totenstill.

Der Maschendrahtzaun um das Fabrikgelände war an vielen Stellen gerissen oder bis zum Boden hin nach unten gebogen. Ich musste aufpassen, mir nicht die Strümpfe zu zerreißen, als ich darüber hinwegkletterte.

»Hier oben bin ich!«, rief es aus dem ersten Stock. Ich schaute hinauf. *xXx-Dream* stand breit grinsend in einem der großen zerbrochenen Fenster und winkte. »Der Eingang ist an der Seite!«

Höllisch gespannt auf das, was gleich passieren würde und mit vor Auf- und Erregung schnell klopfendem Herz, ging ich in die Richtung, die er angezeigt hatte und fand dort eine eingefallene Holztür.

Im Treppenhaus lag Schutt und Gerümpel. Aber das konnte mich in meiner mehr und mehr berauschenden Erwartung nicht bremsen.

Oben angekommen, betrat ich eine große, schmutzige Halle. *xXx-Dream* saß auf einer alten Holzkiste und grinste mir breit entgegen.

Diese Inszenierung war so ganz anders als die erotische Phantasie von der Edelnutte, dem wohlhabenden Geschäftsmann und dem Luxushotel, aber sie hatte ihren ganz eigenen Reiz.

Etwa fünf Meter von ihm entfernt, blieb ich stehen.

xXx-Dream rauchte, und die Luft roch ein wenig süßlich nach Harz ... jetzt ahnte ich, warum er so übertrieben grinste.

Ich selbst halte nichts von Drogen ... wenn man einmal von Sex absieht. Es störte mich ein bisschen, dass er gerade welche nahm, aber ich schwieg.

Ich stellte die Taschen ab, die ich dabei hatte und zog meinen Mantel aus. *xXx-Dream* nickte anerkennend, als er mich von oben bis unten musterte.

»Weiter«, sagte er schließlich.

»Weiter was?«, fragte ich irritiert.

»Ausziehen. Weiter ausziehen.« Er machte eine ungeduldige Geste. »Zeig mir, was du zu bieten hast.«

Ich kam mir in diesem Moment ein bisschen billig vor

und überlegte für eine Sekunde, ob ich nicht gerade meine Taschen nehmen und wieder abhauen sollte. Auf der anderen Seite war da dieser Reiz ...

... und das feuchte Pochen zwischen meinen Schenkeln.

Also begann ich damit, mich für ihn auszuziehen.

Schön langsam schlüpfte ich aus dem engen Topp und öffnete den Reißverschluss meines Leder-Minis. Ich merkte, wie mir dabei noch wärmer wurde. Es gefiel mir, mich zu präsentieren, mich zur Schau zu stellen.

Der Mini-Rock fiel zu Boden.

»Jetzt den BH!«, kommandierte er, und ich ließ mich führen, öffnete den Verschluss mit spitzen Fingern, hielt aber die Körbchen noch eine kleine Weile mit der Hand vor den Brüsten fest, um die Spannung zu erhöhen und ihm den Mund wässrig zu machen.

Es funktionierte.

Als ich den BH fallen ließ, stand er auf und öffnete seine Hose.

»Lutsch meinen Schwanz!«, befahl er.

Ich kniete mich vor ihn hin, und er drückte mir seinen noch ganz weichen Schwanz gegen die Lippen. Er war relativ klein gebaut und überhaupt nicht rasiert. Seine Wolle kratzte mich im Gesicht, und er roch auch nicht besonders appetitlich.

Ich zögerte.

»Mund auf, du Hure!«, sagte er rau und riss mir an den Haaren.

Das war dann doch zu viel!

Ich stieß ihn von mir.

»So nicht, mein Lieber!«, raunzte ich ihn an.

»Halt die Klappe und lutsch meinen Schwanz!« Er war schnell wieder zu mir getreten und hatte mich so fest an den

Schultern gepackt, dass ich nicht aufstehen konnte. Er war viel stärker, als man es ihm auf den ersten Blick ansah. »Du brauchst es hart, du kriegst es hart! Mach deinen verdammten Mund auf!!!«

Welche Gedanken und Phantasien auch immer mir an dieser Inszenierung gefallen hatten, sie waren mit einem Mal wie weggeblasen. Sein stinkender Dödel presste sich gegen meinen Mund und begann hart zu werden, seine struppigen Schamhaare drangen mir kratzend in die Nase, und seine Hände brachen mir fast die Schultern.

»Lass das!«, wollte ich sagen. Doch dazu hätte ich den Mund aufmachen müssen.

Plötzlich war mir klar, in welche Gefahr ich mich selbst gebracht hatte. Ich hatte mich mit einem völlig Fremden in einer absolut verlassenen Gegend getroffen, um seine Hure zu spielen – und entsprechend verhielt er sich auch. Aber für ihn war es kein Spiel, das merkte ich jetzt allzu deutlich. Für ihn war es ernst. Ich konnte seine Wut spüren und seine Entschlossenheit und wusste plötzlich: Wenn mir jetzt nicht irgendetwas einfiel, würde der Typ mich vergewaltigen!

Ich hatte Angst – schreckliche Angst. Und dann tat ich das Einzige, das mir in diesem Moment einfiel: Ich biss ihm in den Schwanz. Der Geschmack in meinem Mund war fürchterlich; aber daran durfte ich nicht denken. Ich biss nicht so fest, um ihn abzubeißen oder ihn ernsthaft zu verletzen, aber fest genug, um ihm gehörig wehzutun. Er schrie auf, stieß mich fort und krümmte sich vor Schmerz.

Ich sprang auf, schnappte meinen Mantel und meine Tasche und lief los. Aus der Halle hinaus, die Treppe hinunter.

Ich hatte höllische Panik, dass er mir vielleicht nachlaufen könnte.

Da fiel mir die Visitenkarte des Taxifahrers ein. Noch im Rennen wählte ich seine Nummer.

»Ich bin's!«, rief ich ins Handy als er dran ging. »Die Frau, die Sie vorhin zu der alten Fabrik gefahren haben. Bitte kommen Sie zurück. Schnell! Ich brauche Hilfe!«

»Bin schon unterwegs!«, antwortete er eilig und legte auf.

Ich rannte, kletterte über Bauschutt aus dem Gebäude und dann über den Zaun ins Freie.

»Ich krieg dich!«, hörte ich da den Irren von oben aus dem Fenster schreien. Er schüttelte die Faust, und mir blieb fast das Herz stehen vor Entsetzen, denn in dieser Faust hatte er jetzt ein Messer!

Ich rannte weiter, noch schneller als bisher, die Straße entlang in die Richtung, aus der ich vorhin mit dem Taxi gekommen war.

Da hörte ich seine hetzenden Schritte hinter mir. Ich traute nicht, mich herumzudrehen, um nicht langsamer zu werden. Für einen Moment überlegte ich, meine Tasche fortzuwerfen. Aber da waren meine Bücher drin und all meine Unterlagen mit Adresse und Telefonnummer. Wenn er die in die Hände bekam, würde ich meines Lebens nicht mehr froh werden.

Also presste ich die Tasche und den Mantel an meine Brust und rannte weiter.

Die Schritte hinter mir kamen näher.

»Gleich hab ich dich, du Nutte«, rief er, wie ich, völlig außer Atem. »Und dann wollen wir doch mal sehn!«

Da ...

... der Absatz eines meiner Stiefel brach, ich stolperte, fiel zu Boden.

Keine drei Sekunden später war der Irre bei mir. Ich hatte noch nicht einmal mehr Zeit gehabt, mich aufzurappeln.

Breitbeinig stellte er sich über mich und fuchtelte mit dem

Messer vor meinem Gesicht.

»Hab' doch gesagt, dass ich dich kriege, du Miststück!« keuchte er, und schäumende Spucke lief ihm dabei über die Mundwinkel herab und zog schmierige Fäden zwischen seinen Lippen.

Er zerriss meinen Slip.

»Ah! Rasiert! Ganz so, wie ich's mag. Fass meinen Schwanz an, mach ihn hart.«

Ich war erstarrt vor Angst, sah nur das glänzende scharfe Messer vor meiner Nase. Ich hatte keine Wahl. Zitternd griff ich nach seinem Schwanz.

Da ...

... es hupte – laut und langanhaltend.

xXx-Dream schaute auf, fluchte. Dann drehte er sich um und rannte weg.

Ich schaute die Straße hinab, und alle Angst fiel von mir ab – das Taxi! Es war noch zweihundert, vielleicht dreihundert Meter entfernt, fuhr aber schnell. *xXx-Dream* verschwand rennend auf dem Fabrikgelände.

Ich brach zusammen und heulte wie ein Baby.

Der Wagen erreichte mich und hielt an. Der Taxifahrer sprang heraus, rannte zu mir und beugte sich herab.

»Alles okay bei Ihnen?!«, fragte er eilig. »Ich schnapp mir den Kerl.«

»NEIN!«, schrie ich. »Er hat ein Messer. Besser, wir rufen die Polizei.«

Er zögerte, schien zu überlegen.

»Bitte lassen Sie mich nicht allein!«, flehte ich, und das hielt ihn zurück, dem Mistkerl nachzurennen.

Er hob mich, nackt, schmutzig und zerkratzt wie ich war, von der Straße auf und trug mich hinüber zum Taxi. Ich klammerte mich schluchzend an ihn.

»Es wird alles wieder gut!«, flüsterte er mir beruhigend ins Ohr. »Es wird alles wieder gut!«

Aber es sollte lange dauern, bis alles wieder gut war.

13. LonelyHeart

Ich habe nie jemandem etwas von der Beinahevergewaltigung erzählt, weder meinen Eltern noch meiner Schwester. Wie erklärt man denn auch Menschen, die einen lieben und die glauben, dass man ein anständiges Mädchen ist, dass man beinahe von einem völlig fremden Typ aus dem Internet vergewaltigt worden wäre, für den man sich als Hure verkleidet hat, um von ihm gefickt zu werden?

Es war damals schwer genug gewesen, es der Polizei zu erklären, die in mir nicht gerade das unschuldige Opfer sah, was ich ihnen noch nicht einmal verübeln konnte. Wie dumm ich doch gewesen war, wie leichtsinnig. Nicht nur bei *xXx-Dream*. Das, was mir mit ihm passiert war, hätte mir auch mit all den anderen passieren können. Mit *LonelyHeart*, mit *Trixster*, mit *backdoor_BANGER* oder mit *Fallen_Angel* in der verlassenen Kirche – einem Mann, der sich als Vampir ausgab!!!

Ich hatte bis zu *xXx-Dream* ganz einfach nur unverschämtes Glück gehabt.

Ich will und werde damit nicht sagen, dass alle oder viele Männer Monster sind. Wie die eigene Erfahrung der letzten Wochen zeigte, waren die meisten ja vollkommen in Ordnung und hatten nur ihren Spaß im Sinn. Aber ich hätte mich von Anfang an besser absichern sollen, mir nicht nur eine Handynummer, sondern auch eine Festnetznummer und den vollständigen Namen geben lassen sollen und am besten noch die Adresse, um sie zum Bespiel meiner Schwester dazulassen, damit jemand wusste, wo ich war und mit wem ich mich traf.

Die Nachforschungen nach *xXx-Dream* verliefen erfolglos. Ich hatte dummerweise sein Bild nicht heruntergeladen, und sein Profil hatte er schlauerweise schon gelöscht, als ich mit der Polizei im Chat danach suchte. Man konnte über den Chat-Provider die IP-Nummer des Rechners herausfinden, von dem aus er gechattet und seine Mails abgerufen hatte, aber es war die IP eines großen Internet-Cafés, in dem täglich Hunderte von Leuten ein- und ausgingen ... das half nicht weiter.

Man fand ihn nie.

Er hatte sich zum Glück aber auch nie wieder gemeldet.

Aber er hatte Spuren hinterlassen.

Nicht so sehr an meinem Körper, aber definitiv an meiner Seele.

Ich hatte vom Internet erst einmal die Schnauze gestrichen voll und legte mein Profil still.

Für die Tage nach Preston nahm ich mir Urlaub von der Arbeit und ging auch nicht an die Uni. Stattdessen suchte ich vermehrt die Nähe von Flo, aber der war nicht wirklich eine große Hilfe. Er merkte noch nicht einmal, wie beschissen es mir ging. Dafür nahmen ihn sein Studium und die ach so wichtige Diplom-Arbeit viel zu sehr in Beschlag.

Ich wollte nicht allein sein, also hatte ich die nächsten Nächte bei ihm verbracht, aber schlafen wollte ich mit ihm nicht. Ich konnte es nicht. Weil, jedes Mal, wenn er mich anfasste, sah ich *xXx-Dream* mit dem Messer in der Hand. Und so lagen wir uns schon am dritten Abend in den Haaren, und Flo bat mich, wieder in meine Wohnung zu fahren, damit er sich auf seine Arbeit konzentrieren konnte.

Ich bat ihn, bleiben zu dürfen, aber er lehnte es ab. Nicht, wenn ich nicht mit ihm schlafen wollte. Und das konnte ich nicht. Also ging ich.

Es war eine absurde Situation. Ausgerechnet der Mann, der nie mit mir schlafen wollte, wenn ich Lust hatte – und ich hatte bis jetzt immer viel Lust gehabt – wollte ausgerechnet dann mit mir schlafen, als ich mit keinem mehr schlafen wollte.

Ich hasste ihn dafür. Obwohl ich kein Recht dazu hatte. Zum einen, weil er ja nicht wissen konnte, was mir passiert war, zum anderen natürlich, weil es bei einer Aktion geschehen war, bei der ich ihn betrügen wollte, wie ich ihn nun schon so oft betrogen hatte.

Aber ich hasste ihn trotzdem. In meiner Paranoia ging ich sogar so weit, Flo dafür verantwortlich zu machen, was *xXx-Dream* mir angetan hatte. Hätte Flo mich körperlich nicht so verkümmern lassen, wäre ich nie auf Männerfang ins Internet gegangen. Ich hätte mich mit niemand anderem treffen müssen, wäre *xXx-Dream* niemals begegnet, und hätte jetzt nicht ausgerechnet dem Mann, den ich in den vergangenen Jahren bestimmt dutzende Male fast darum anbetteln musste, Sex mit mir zu haben, den Sex verweigert.

Ja, ich hasste Flo!

Aber auch der Hass auf Flo machte es nicht leichter, nachts allein zu sein, und er nahm mir nicht die Furcht, die ich hatte, es könnte jeden Moment an der Tür klingeln.

Sicher, *xXx-Dream* besaß weder meine Adresse noch kannte er meinen Namen, aber das Wissen darum, nahm mir nicht die Angst.

Ich rief *sharkey* an und fragte ihn, ob er vorbeikommen wollte.

»Sorry, Prinzessin«, sagte er bedauernd. »Geht im Moment nicht. Bin grad glücklich liiert.«

Ich legte auf.

Dann versuchte ich es bei *Trixster*. Aber der ging nicht ans Telefon. Wie ich ihn einschätzte, nagelte er wohl gerade irgendeine neue Elfenprinzessin in den weichen, warmen Waldboden.

backdoor_BANGER erreichte ich auf dem Handy. Aber er war für die nächsten Wochen dienstlich in London, konnte also auch nicht zu mir kommen.

Blieb nur noch *LonelyHeart*.

Natürlich hatte ich ein schlechtes Gewissen, ihn anzurufen, wo ich ihn doch so unerbittlich zurückgewiesen hatte. Aber ich hatte eben auch diese entsetzliche Angst, und der einzige Mensch außer *LonelyHeart*, den ich jetzt noch hätte anrufen können, wäre meine Schwester gewesen. Aber die hätte sofort gemerkt, dass mit mir etwas nicht stimmte und über kurz oder lang nicht nur die Sache mit *xXx-Dream* herausgefunden, sondern darüber eben meine Internet-Eskapaden, und das durfte nicht geschehen.

»Hallo *LonelyHeart*!«, meldete ich mich am Telefon. »Ich bin's, *sweet_princess*. Störe ich?«

«Prinzessin!«, rief er erfreut in den Hörer. »DU störst nie! Schön, dich zu hören.«

»Ich weiß, es ist etwas unpassend, ausgerechnet dich anzurufen, wo ich dich doch so hab abblitzen lassen. Aber ich würde dich gern um einen Gefallen bitten.«

»Raus damit!«

»Ich will jetzt nicht darüber reden, aber könntest du einfach mal bei mir vorbei kommen und ein paar Stunden hier sein? Einfach so. Vielleicht sogar die ganze Nacht.« Ich merkte, dass meine Stimme so viel schwächer, so viel kleiner war als sonst.

»Klar!«, freute er sich.

»Aber ...« Ich stockte.

»Aber?«, hakte er nach.

»Ich will nicht, dass du mich missverstehst oder dir vielleicht falsche Vorstellungen machst. Ich meine einfach nur vorbeikommen. Kein Sex oder so.«

»Hey, kein Thema«, versprach er. »Gib mir deine Adresse.«

Ich gab sie ihm ...

... und zwei Stunden später klingelte es. Er musste von Birmingham aus förmlich hierher geflogen sein.

Ich ging, was ich sonst noch nie getan hatte, zuerst an die Gegensprechanlage, um sicher zu gehen, dass es auch wirklich nicht *xXx-Dream* war. Aber es war *LonelyHeart*. Ich drückte auf den Summer.

Als ich ihm die Wohnungstür öffnete, machte er ein besorgtes Gesicht.

»Was ist denn los?«, fragte er interessiert und hilfsbereit, als ich zur Seite trat und ihn mit einer Geste nach drinnen bat.

»Ich kann nicht darüber reden. Aber schön, dass du kommen konntest.« Ich bot ihm einen Platz auf dem Sofa an. »Magst du was trinken?« Er nahm eine Apfelsaftschorle.

»Wie ist es dir ergangen seit damals?«, fragte ich. Wohl zugegebenermaßen weniger aus echtem Interesse, als vielmehr um mich und ihn von meinem Zustand oder dem Grund dafür abzulenken.

»Hm!«, machte er. »Nicht viel passiert, seit wir uns damals getroffen haben. Hab die Internetjagd eingestellt und konzentriere mich im Moment in der Hauptsache gerade mehr auf den Job.«

»Brav geworden?« Ich lächelte.

»Verliebt. Aber das weißt du ja.« Er zuckte mit den Achseln.

»So schlimm?« Ich bedauerte das ehrlich. Zumal ich damals

vielleicht seine Zuneigung und auch seinen Appetit auf Sex mit mir hätte erwidern können, nicht aber seine Liebe und seinen Wunsch, mit ihm eine Beziehung einzugehen.

»Ziemlich«, gab er zu. »Hast mich halt voll erwischt. Aber ich nehme an, du hast es dir immer noch nicht anders überlegt.« Es war eher eine Feststellung als eine Frage.

»Nein, tut mir leid«, sagte ich und legte meine Hand auf seine. »Weißt du, wenn wir uns zu einem anderen Zeitpunkt kennengelernt hätten und auch auf eine andere Art, dann ... vielleicht. Aber so wollte ich mir nur holen, was mir in meiner Beziehung fehlt, meine Flügel ausbreiten und fliegen lernen, und du warst der große Mädchenflachleger vor dem Herren.«

»So schlimm war ich gar nicht«, protestierte er lachend.

»Ach!?« Ich lachte auch. »Wer hat denn bitte damals sehr deutlich klarstellen wollen, dass er auf gar, gar, gar keinen Fall etwas Verbindliches sucht?«

»Tja, ich und meine große Klappe«, sagte er schmunzelnd. »Hätte ich die damals nur vorher gehalten.«

»Dann hätten wir uns nicht getroffen«, lächelte ich milde und tröstend. »Und ich bin froh, dass wir uns getroffen haben. Spaß hatten wir auf jeden Fall!«

»Den hatten wir«, grinste er. »Und?«, fragte er auf einmal sehr ernst.

Ich wusste nicht, was er wollte.

»Und was?«, hakte ich deshalb nach.

»Hast du es gelernt? Das Fliegen, meine ich. Hast du sie ausgebreitet, deine Flügel, *sweet_princess*?« Sein Gesicht war sehr traurig, als er das fragte, wohl, weil er die Antwort bereits ahnte.

»Bei dir hatte ich das Gefühl, dass ich noch nicht einmal richtig Gehen konnte ...«

»Ich hatte keinen Grund zur Beschwerde«, grinste er, weil er merkte, dass ich ihm nicht wehtun wollte.

»Du weißt, was ich meine. Es war tatsächlich wie vom Fliegen träumen, aber erst einmal Gehen lernen müssen.«

»Du hast es gelernt«, lächelte er. »Man sieht es dir an.«

Ich nickte.

»Ja, ich hab das Fliegen gelernt ... Aber auch Fallen.«

»Deswegen bin ich heute Abend hier, nicht wahr? Weil du gefallen bist.«

»Ich möchte nicht darüber reden.«

»Dann komm einfach nur her.« Er nahm mich in den Arm. Aber es war nur für einen kurzen Moment lang ein tröstendes, warmes Gefühl. Dann wurde es unangenehm. Zum einen, weil ich ihm nicht zu nahe kommen wollte, um zu vermeiden, dass seine alten Gefühle für mich wieder in ganzer Stärke ausbrachen. Zum anderen aber, weil mir die körperliche Nähe eines Mannes nach dem Erlebnis mit *xXx-Dream* zuwider war.

Ich schälte mich aus seinen Armen, lächelte um Verzeihung.

»Wollen wir uns einen Film anschauen?«, fragte ich.

»Klar!«, sagte er. »Was hast du da?« Ich gab ihm die Kladde mit den DVDs.

»Was Lustiges wäre mir jetzt am liebsten«, sagte ich, und er suchte uns einen Zeichentrickfilm aus. Genau das Richtige für's Gemüt.

Ich holte uns was zu knabbern und zu trinken, und für die nächsten anderthalb Stunden war die Welt wieder so gut wie in Ordnung.

Hin und wieder betrachtete ich *LonelyHeart* verstohlen von der Seite und dachte darüber nach, wie wohl alles geworden wäre, wenn ich mich damals auf ihn eingelassen und Flo für ihn aufgegeben hätte. Vielleicht hätte ich dann gar nicht mehrere Männer gebraucht, um mich lebendig zu fühlen, um zu experimentieren, um zu erfahren ... um fliegen zu lernen.

Und ich wäre nicht gefallen.

Aber all diese Gedanken waren jetzt müßig, weil die Dinge so geschehen waren, wie sie eben geschehen waren.

»Weißt du«, sagte er, ohne den Blick vom Bildschirm zu wenden, »hin und wieder mal Fallen, gehört zum Fliegen dazu. Deshalb sollte man nicht gleich zu fliegen aufhören. Ich meine, du erinnerst dich noch daran, wie es vorher war. Vor mir ... und den anderen.«

Er konnte unmöglich sehen, dass ich ihn betrachtet hatte, aber er schien trotzdem ganz genau zu wissen, woran ich gerade gedachte hatte.

Ich antwortete nicht. Aber er hatte auch gar keine Antwort erwartet. Er nahm einen Cracker und schob ihn sich zwischen die Lippen.

Als der Film zu Ende war, brachte *LonelyHeart* mich ins Bett – ganz züchtig. Er deckte mich zu, holte dann ein Märchenbuch aus dem Regal, setzte sich auf das Bettende und las mir mit ruhiger, leiser Stimme daraus vor. Es fühlte sich albern an, irgendwie total kindisch, hier zu liegen wie ein kleines Mädchen und sich Märchen vorlesen zu lassen ...

... und doch war es zugleich wunderschön und tröstend.

Ich schlief ein.

***

Als ich am nächsten Morgen wach wurde, hatte er schon Frühstück für uns gemacht. Ich war gerührt.

Nach dem Frühstück wollte er mich auf dem Weg zurück nach Birmingham an der Uni vorbeifahren, aber ich wollte nicht an die Uni. Genauso wenig, wie ich jetzt allein bleiben wollte, so wenig wollte ich unter fremde Menschen.

Er merkte es, rief im Büro an und nahm sich ein paar Tage Urlaub.

Ich wollte das nicht annehmen, aber er bestand darauf. Er wollte die nächsten Tage mit mir verbringen.

Und das tat er dann auch.

Wir gingen spazieren und machten Schaufensterbummel, schauten uns einen Film im Kino an und aßen zweimal auswärts. Er tat alles, um mich abzulenken und mir die distanzierte Nähe zu geben, die ich brauchte.

Jeden Abend saß er an meinem Bett und las mir etwas vor, bis ich einschlief. Und jede Nacht verbrachte er züchtig auf dem Sofa. Fast eine ganze Woche lang.

In der fünften Nacht wurde ich wach und sah, wie er auf dem Sofa schlief. Mir wollte es fast das Herz sprengen vor Dankbarkeit. Ich hatte es nicht verdient, dass dieser außergewöhnliche Mann so gut zu mir war. Aber nichtsdestotrotz hatte ich es genossen, ja gebraucht. Inzwischen ging es mir besser. Der Name *xXx-Dream* barg keinen Schrecken mehr für mich. Nicht, solange ich wusste, dass es auch solche Männer auf dieser Welt gab, wie *LonelyHeart*.

Ich kletterte aus dem Bett und zog mein Nachthemd aus. Dann ging ich zu ihm hinüber, schob die Wolldecke, mit der er sich zugedeckt hatte, zur Seite und kroch neben ihn. Behutsam und unendlich dankbar schmiegte ich mich an ihn, streichelte seine Wange und küsste ihn leise auf den Mund.

Er wurde wach ... schaute mich an ... schien eine kleine Ewigkeit zu brauchen, bis er merkte, dass er nicht träumte. Ich schob meine Hand unter sein T-Shirt.

Ich küsste ihn noch einmal zärtlich auf den Mund.

Er zog meine Hand unter seinem T-Shirt hervor, legte sie sich selbst auf die Wange, küsste mich zärtlich auf die Stirn, und dann ...

… stand er auf und kletterte über mich hinweg vom Sofa herunter.

»Bleib«, bat ich leise.

Er zog sich langsam an und lächelte zu mir hinüber.

»Warum willst du fort?«, fragte ich ihn ruhig.

»Weil es dir wieder bessergeht.« Er kam neben mir in die Hocke, streichelte mein Gesicht.

»Dank dir«, lächelte ich sanft und küsste seine Finger. Er zog sie behutsam weg.

»Pass auf dich auf«, sagte er, als er sich erhob. »Und flieg nicht wieder zu schnell zu hoch.«

»Lass uns zusammen fliegen«, schlug ich ihm vor, oder vielmehr bat ich ihn.

Er lächelte noch einmal liebevoll, auch ein wenig traurig, und ging.

Und ich lächelte auch … und weinte zugleich ein bisschen darüber, dass dieser wundervolle, warmherzige Mann die Dankbarkeit, die er sich so sehr verdient hatte, nicht annehmen wollte …

… weil sie keine Liebe war.

14. OffLine

Und so hatte mich ein Mann durch seine selbstlose Liebe die Angst verlieren lassen, die ein anderer durch seine Abartigkeit in mein Herz gepflanzt hatte.

Natürlich konnte ich die schreckliche Begegnung mit *xXx-Dream* nicht vergessen, und ich werde es auch in Zukunft nicht können. Aber meine Furcht, mein Zorn, mein Hass und die furchtbare Erinnerung an die Hilflosigkeit übertrug ich nicht länger auf Männer im Allgemeinen oder auf Flo. Nein, sie galten nur noch diesem einen Mann, und da er nie wieder auftauchte, beruhigten sich die Dinge wieder.

Das Verhältnis zu Flo normalisierte sich, ohne dass einer von uns beiden wegen des Streits letzter Woche eine Aussprache suchte. Mit Normalisieren meine ich leider auch, dass er jetzt, da ich wieder körperliche Nähe suchte, genau daran einmal mehr kein besonderes Interesse zeigte.

Der Sex mit Flo war zwar endlich frei von den Schreckensbildern, die *xXx-Dream* in mich gebrannt hatte, die suchten mich nur noch in meinen Träumen heim, aber nicht mehr, wenn ich wach war. Und trotzdem war der Sex langweilig und schmeckte schal. Licht aus, ins Bett, »Gute Nacht« sagen, dann plötzlich ohne jede Vorwarnung mit der Hand erst vorsichtig auf dem Bauch, dann allmählich verschämt zwischen den Schenkeln berührt und unbeholfen und uninspiriert ein bisschen befummelt werden, Beine breit machen und sich besteigen lassen ... und drei Minuten lang so tun, als wäre das zuckende Rumgestochere die Erfüllung meiner erotischen Träume.

Das war's.

Kein Wunder, dass ich bald schon wieder hungrig war.

Aber auf das Internet hatte ich keine Lust mehr. Das erschien mir im Moment einfach zu gefährlich.

Doch es bot sich schon bald eine ganz andere Gelegenheit, meinen Hunger zu stillen.

***

Es war im Büro.

Ich führte an diesem Tag vertretend für meine Chefin eine Reihe von Vorstellungsgesprächen mit Bewerbern für eine ausgeschriebene Stelle als Telefonsachbearbeiter im Innendienst.

Also hatte ich es den ganzen Tag mit Männern zu tun, die zwar keine besonderen beruflichen Ambitionen besaßen, aber dennoch mitten im Leben standen und allesamt etwa vier bis zehn Jahre älter waren als ich. Für diese Männer war die Situation schon ein wenig seltsam. Sie mussten sich und ihre Qualifikationen für den Job einer Frau verkaufen, die wesentlich jünger war als sie und trotzdem darüber zu entscheiden hatte, ob sie genommen wurden oder nicht. Dass diese Frau obendrein sexy war, machte es ihnen nicht gerade leichter, die Gratwanderung zwischen höflichem Respekt und männlicher Überheblichkeit zu meistern.

Mehr als einmal fiel ein irritierter oder auch hungriger Blick auf meine Brüste oder den Teil meiner Schenkel, der nicht vom Rock bedeckt war.

Ich war für diese Männer verbotenes Lustobjekt und zu begeisternde Respektsperson in einem. Nicht einfach – für sie!

Mich machte es scharf.

lächel

Vielleicht lag das aber auch daran, dass ich seit *Fallen_Angel* keinen guten Sex mehr gehabt hatte, und das war schon über drei Wochen her.

Und so kam es, dass ich bei dem letzten der insgesamt vierzehn Bewerber alles Mögliche im Sinn hatte, nur nicht mehr meinen Job.

Er hieß Tomas – wie er betonte, ohne h – war sechsundzwanzig Jahre alt, für den ausgeschriebenen Job eine viel zu adrette Erscheinung in Anzug und Krawatte, glatt rasiert, das dunkelbraune Haar scheitellos kurz frisiert, braune, leicht nervöse Augen, schöne schlanke Finger. In seinem Job davor war er Call-Center-Agent gewesen, was ihn für die Stelle, die ich zu vergeben hatte, durchaus schon mal qualifizierte.

Aber, wie schon gesagt, ich hatte den Job eigentlich gar nicht mehr im Sinn und meine Gedanken drehten sich nur noch um Sex. Und diese Gedanken gingen jetzt mit mir durch.

»Ganz schön warm hier drin, finden Sie nicht?«, meinte ich und löste die oberen beiden Knöpfe meiner Bluse.

»Ja«, bestätigte er brav. »Heißer Sommer dieses Jahr.«

»Und nicht nur der!«, lachte ich.

Er schaute mich irritiert an.

»Oh, Entschuldigung!«, sagte ich. »Ist mir so rausgerutscht.« Ich grinste frech, er grinste unsicher zurück. »Das macht die Hitze. Äh, die Temperatur, meine ich. Ich sitze schon den ganzen Tag hier in diesem Besprechungsraum, ein Bewerber nach dem anderen, da kommt man schon ganz schön ins Schwitzen.«

Wie ohne es zu merken, streichelte ich mir kurz über den Ansatz meiner rechten Brust. Er schluckte trocken und versuchte angestrengt, nicht auf meine Brüste zu starren, deren obere Rundungen jetzt unter der offen stehenden Bluse deutlich zu sehen waren.

»Man klebt förmlich am Stuhl fest, weil alles so nass ist.« Ich rutschte ein bisschen mit dem Po auf der Sitzfläche herum und schob dabei meinen Rock unauffällig auffällig ein wenig weiter nach oben. »Wollen Sie sich nicht ein bisschen freimachen?«

Jetzt starrte er mich mit großen Augen unverwandt erschrocken an.

»Ich meine den Anzug«, beschwichtigte ich ein wenig. »Ihnen muss doch auch fürchterlich heiß sein, so dick, wie Sie eingepackt sind. Legen Sie ruhig Ihr Jackett ab.«

Was als Einladung gemeint war, schien ihm so etwas wie ein Befehl zu sein, denn sofort stand er auf und zog sein Jackett aus. Ein folgsamer Junge.

grins

»Von mir aus können Sie auch gern Ihre Krawatte ausziehen«, sagte ich, und er tat es.

»Tun Sie immer alles, was man Ihnen sagt?«, fragte ich mit spitzbübischem Lächeln.

»Wenn es zu meiner Arbeit gehört.« Er lächelte, noch immer unsicher, zurück. »Natürlich.«

»Wirklich alles?« Ich schnurrte wie ein Kätzchen und streichelte wie unbeabsichtigt mit den Fingerspitzen die Innenseite meines rechten Knies, bis hinauf zum Rockansatz.

»Es wäre dumm, den Anweisungen eines disziplinarischen Vorgesetzten nicht Folge zu leisten«, sagte er, ganz so, als würde er ein Lehrbuch zitieren. Aber dabei grinste er breit und anzüglich. Er war jetzt sicherer, meine Einladung war ihm wohl endlich deutlich und unmissverständlich genug.

Männer wie dieser Tomas ohne h gehen auf der ganzen

Welt immer auf Nummer sicher. Sie werden nie etwas Großes vollbringen, weil ihnen dazu nicht nur der Mut, sondern auch die Initiative fehlt. Aber sie werden immer funktionieren.

Und mehr erwartete ich heute nicht von diesem Mann.

»Was sind Ihre besonderen Qualifikationen?«, fragte ich.

Er wollte antworten, aber ich unterbrach ihn ... er hätte mir sonst trotz der wunderbaren Spannung des Moments womöglich doch noch etwas von seinen Rethorik-Kursen und Konflikt-Management-Seminaren erzählt.

»Wie steht es zum Beispiel mit Französisch?« Ich rutschte ein wenig im Stuhl nach unten und spreizte die Schenkel. »Können Sie es sehr gut, gut, mittelmäßig oder unzureichend?« Mit den Fingerspitzen beider Hände schob ich meinen Rocksaum noch weiter nach oben. Mein schwarzer Slip war jetzt zu sehen.

»Gut bis sehr gut, würde ich sagen.« Seine Augen nahmen einen lüsternen Glanz an.

»Würden Sie mir denn eine Kostprobe Ihres Könnens geben wollen?«, fragte ich gurrend und leckte dabei über meine Lippen, aber nur ein ganz kleines bisschen mit der Zungenspitze, denn ich wollte nicht nuttig auf ihn wirken.

Er schaute unsicher zur Tür.

»Es wird uns niemand stören!«, versprach ich. »Die meisten sind eh im Urlaub.«

Er kniete sich vor mich, allein diese Bewegung machte mich noch heißer, als ich es ohnehin schon war, und ich reckte mich ihm bis zum Rand der Sitzfläche entgegen. Ich spürte, dass seine Hände zitterten, ob vor Erregung oder vor Nervosität, konnte ich nicht sagen, es spielte aber auch keine Rolle für mich. Als er unter meinen Rock griff, um mir den Slip auszuziehen, hob ich meinen Po, um ihm zu helfen und drückte ihm dabei, wieder wie unbeabsichtigt, die Haut meiner Muschi gegen das Kinn.

Er räusperte sich, wie wenn er sich auf eine Ansprache vorbereiten würde. Dann legte er meine Schenkel auf seine Schultern und senkte sein Gesicht dazwischen.

Schon die erste Berührung seiner Lippen ließ mir das Blut in den Unterleib schießen. So lange hatte ich gehungert: Jetzt endlich sollte dieser Hunger gestillt werden.

Seine Zungenspitze stahl sich nach vorn und tupfte mir vorsichtig über die Haut. Ein wenig zu schüchtern ... zu sanft, dachte ich, sagte aber nichts, weil ich ihn nicht wieder verschrecken wollte.

Statt meinen Kitzler zu suchen, leckte er außen an meinen Schamlippen herum. Das kribbelte zwar ganz nett, machte mich im Moment aber nicht besonders an. Also griff ich nach unten und teilte sie für ihn.

Er verstand.

Und dann wurde es gut.

Er fand meine Klit und leckte sie, langsam zuerst und zärtlich kreisend, was mich leise seufzen ließ, dann aber fester und drängend. Ich stöhnte auf und drückte mich seinem Gesicht entgegen. Er packte meinen Arsch und zog mich noch dichter auf seinen Mund, schleckte jetzt, wie um mir zu beweisen, dass er ein ganzer Mann war, gierig und schnell.

Mein Becken zuckte, und ich musste mir auf die Lippen beißen, um nicht zu laut zu werden. In der Regel störte zwar nie jemand die Bewerbungsgespräche, aber wenn man mich draußen auf dem Gang stöhnen hören würde ...

Seine nasse, warme Zunge war jetzt so fest zwischen meine Schamlippen gepresst, dass ich sie nicht länger für ihn spreizen musste und meine Hände freihatte ...

... für meine Brüste.

Ich knöpfte die Bluse noch weiter auf und holte sie aus dem BH, um mit meinen Nippeln zu spielen.

Und Tomas ohne h leckte, als ginge es um sein Leben.

Da wo seine Zunge mich schlug, blitzte und bebte es in mir. Ich verschränkte meine Füße hinter seinem Rücken, legte den Kopf weit nach hinten und ließ mich hineinfallen in eine köstlich selige Trunkenheit.

Und so genoss ich sein Lecken eine halbe Ewigkeit lang. Richtig fallen lassen, konnte und wollte ich mich nicht, weil ich sonst unweigerlich laut geworden wäre. Aber das tat dem Genuss keinen Abbruch. Es war trotzdem herrlich, hier zu liegen und bedient zu werden, und mein Climax kündigte sich leise und schleichend an.

Es begann mit einem langsam pochenden Sirren in meinen Lenden, einem Sirren, das mit jedem Schlag seiner warmen kraftvollen Zunge voller wurde, gewaltiger, bis alles in meinem Becken und Unterleib wummerte und pulste, meine Nippel zu brennen begannen und mir eine angenehme Hitze vom Rücken aus über den Nacken in die Schläfen floss, so wie Tomas mein Saft und sein eigener Speichel über das Kinn hinabflossen.

Dann hatte ich das Zucken meines Beckens nicht mehr unter Kontrolle. Er hielt mich trotzdem fest gepackt und leckte, leckte und leckte mich ... bis es mir mühelos leise strömend kam.

Danach brauchte ich einige Sekunden, um mich zu erholen und wieder zu Atem zu kommen. Aber als er aufstand, sah ich, dass seine Hose im Schritt mächtig ausgebeult war und hatte sofort wieder Lust. Meine Muschi war noch zu empfindlich. Aber es gab ja andere Wege.

grins

»Darf ich?«, fragte ich korrekt, wenn auch im Spaß, und griff ihm zwischen die Beine. Er stöhnte schon auf, noch ehe ich den Reißverschluss heruntergezogen hatte.

Ich ging in die Knie, und ein kurzer aber dicker Schwanz

sprang mir entgegen. Instinktiv öffnete ich die Lippen und schnappte ihn mir. Ich war gierig und lutschte gleich hart drauflos. Tomas stöhnte wieder auf, diesmal lauter. Für meine Hand war kein Platz mehr zwischen meinen Lippen und dem Stoff der Hose, aber wer braucht schon eine Hand, wenn er einen Mund, Zunge und Zähne hat?

kicher

Er hatte mich bedient, ich fickte ihn!

Schön eng machte ich meinen Mund, wirbelte meine Zunge um seine Spitze, saugte, was das Zeug hielt. Das berauschte mich jetzt noch mehr, als das Gelecktwerden vorhin.

Ich knabberte ...

lutschte ...

schleckte ...

und er ...

... spritzte!

Wenn ich den Kopf nicht schnell genug zurückgezogen hätte, hätte er mir ohne jede Vorwarnung in den Mund gespritzt.

So schleuderte ich sein klebriges Sperma, seinen heißen Saft, mit schnell reibender Hand mitten in mein Gesicht, gegen meinen Hals, in mein Dekolleté.

Ich wichste ihn leer ...

... bis zum allerletzten dickflüssigen Tropfen.

***

Tomas ohne h bekam den Job nicht. aber das lag nicht an mir oder seinen Bemühungen und Qualifikationen, und auch nicht daran, dass ich ihn vielleicht ganz absichtlich nicht eingestellt hätte wegen unseres Techtelmechtels. Nein, unser Geschäftsführer vergab die Stelle an der Personalabteilung vorbei an einen Neffen, der wohl gerade auf Arbeitssuche war. Also hätte ich mir den langen heißen Bewerbungsgesprächstag auch sparen können ... wenn da nicht Tomas ohne h gewesen wäre.

grins

***

Ja, das Erlebnis mit Tomas war nett.

Aber nett ist was anderes als geil!

Nett ist einfach nicht genug.

Es war gut, dass die erste Begegnung mit einem Mann nach *xXx-Dream* eine Begegnung war, in der ich die Zügel in der Hand hielt, also alles unter Kontrolle hatte.

Aber ich spürte dadurch auch ganz deutlich, dass alles unter Kontrolle zu haben, nicht wirklich das war, was ich wollte und nicht das war, was mich wirklich berauschte und erfüllte.

Ich brauchte einen Mann, der wusste, was er wollte und sich das auch nahm, einen Mann, der den Ton angab ... nicht rücksichts- und respektlos menschenverachtend wie *xXx-Dream*, aber trotzdem geradlinig und fordernd.

Männlich eben und selbstbewusst. Dominant.

Nur, wo sollte ich einen solchen Mann finden?

Ich kannte die Antwort ... und schaltete, nach langer Abstinenz, den Computer wieder ein.

15. OnLine again

Zu allererst würde ich mein Profil neu erstellen. Mein altes, es war seit dem ersten Tag im Netz dasselbe, wenn man einmal von den beiden Tagen absah, in denen ich geschrieben hatte, dass ich gern beobachtet werden würde, las sich ja nicht besonders aufschlussreich, auch wenn es bis jetzt eine ganze Menge Männer angelockt hatte:

Name: sweet_princess
Alter: 21
Ort: Liverpool
Ich suche:

Vorlieben:
1. männlicher duft
2. mein vibrator
3. mein dildo
4. zärtlichkeit
5. guter sex

Abneigungen:
1. keine phantasie beim sex
2. ungepflegtheit
3. schlafmützen

zu mir:
21 Jahre – 174 groß – 53 kg
brünette, lange haare
grüne augen
80 c-d
lebe in einer glücklichen beziehung;
sexuell jedoch nicht ausgelastet

Es musste ein neues her!

Ich überlegte kurz, und dann schrieb ich einfach, was mir in den Sinn kam:

Name: sweet_princess
Alter: 21
Ort: Liverpool
Ich suche: Sex

Vorlieben:
1. männliche dominanz
2. wenn er weiß, was er will
3. und es sich auch nimmt
4. direktheit
5. vertrauen und respekt

Abneigungen:
1. keine phantasie beim sex
2. ungepflegtheit
3. weicheier
4. menschenverachter
5. brutalos

Zu mir:
21 Jahre – 174 groß – 53 kg
brünette, lange haare
grüne augen
80 c-d

ich lebe in einer glücklichen beziehung, sexuell jedoch nicht ausgelastet ... daher seit einiger zeit auf ‚abwegen' – aber wirklich nur, was das ficken betrifft! – ... ich suche niemanden, der sich in mich verliebt oder der hofft, dass ich mich in ihn verliebe ... ich will aber auch niemanden, der sich das recht herausnimmt, mich zu verletzen, nur weil ich ihm meinen körper und meine lust anvertraue ... ich will gefickt werden ... gut gefickt werden ... lust bis zur besinnungslosigkeit ... ganz ohne verpflichtungen ... ich will dabei nicht denken und nichts entscheiden ... ich habe zu akzeptieren und zu genießen gelernt, dass mir die passive rolle besser zu gesicht steht, dass ich mich lieber hingebe und nehmen lasse ... ohne verpflichtungen bedeutet nicht, dass ich auf ONS – one night stands – aus bin ... was gut ist, kann gern wiederholt werden ...
hinweis: wegen schlechter erfahrungen hinterlege ich bei jedem date einen geschlossenen umschlag mit dem namen, der vollständigen adresse und der telefonnummer desjenigen, mit dem ich mich treffe, bei einer person meines vertrauens – also kein date ohne ausführlichen ID-check!!!

Letzteres hatte ich mir als Absicherung einfallen lassen, damit mir nie wieder so etwas passieren würde wie mit *xXx-Dream*. Ich würde mich nur noch mit jemandem treffen, dessen ganzen Namen, Adresse und Telefonnummer ich kannte. Ohne meine Schwester über die Hintergründe oder Umstände zu informieren, würde ich vor jedem Date diese Daten in einem Umschlag verschlossen bei ihr deponieren.

Dieses Mal fügte ich dem Profil eines der schärferen Bilder bei, die ich für *backdoor_BANGER* gemacht hatte, eines von meinen nackten Brüsten, ohne dass man darauf mein Gesicht erkennen konnte. Keine zehn Minuten später hatte ich schon die beiden ersten neuen Nachrichten in meinem Postfach. Eine war von einem *Silverwolf*, die andere von einem *Souleater*. Ich konnte zu diesem Zeitpunkt noch nicht wissen, dass diese beiden Männer in den folgenden Wochen mein Leben völlig auf den Kopf stellen würden. Dass Dinge geschehen würden, auf die mich selbst meine bisherigen Abenteuer nicht vorbereitet hatten. Denn der »silberne Wolf« und der »Seelenfresser« würden alles bis dahin Erlebte und jeden Mann, dem ich bisher begegnet war, kalt lächelnd in den Schatten stellen.

Aber eins nach dem anderen.

Beide Nachrichten waren knapp, dafür und deswegen aber, sprachen mich auch beide an, sehr direkt.

Silverwolf:	... wenn du wirklich meinst, was du schreibst, sei mir willkommen, süße prinzessin!
Souleater:	Vielleicht hat der, den Du suchst, Dich gerade gefunden!!!

Ich war gespannt – auf beide.

Zuerst klickte ich das Profil von *Souleater* an. Das Foto, das er in sein Profil gestellt hatte, war eindeutig gepost. Er saß auf einem schweren Motorrad, muskulöse, ausdefinierte Schultern unter armlosem schwarzem Shirt, schwarze Lederhosen, Boots. Besonders markant waren seine Glatze, der dunkle Bart um das kantige Kinn, dichte Brauen und ein stechender selbstbewusster Blick aus ebenso dunklen Augen.

Der Profiltext passte zu dem Bild.

Name: Souleater
Alter: 31
Ort: Liverpool
Ich suche: Sex

Vorlieben:
1. hingabe
2. unterwürfigkeit
3. devotion
4. lernfähigkeit
5. sinnlichkeit

Abneigungen:
1. was immer mich
2. stört, werde ich dir
3. schon noch
4. austreiben!!!
5.

zu mir:
MASTER OF TORTURE, BONDAGE & PAIN!
groß ... ...kräftig ... ...gierig ...... unerbittlich ...... sanft ... hart ... phantasievoll ... versiert ... brutal ... zärtlich ... wild ... unersättlich ... mystisch ... romantisch!
ausbilder: bondage / S&M / rollenspiele
mit mir erlebst du, wovon du bisher nur geträumt hast!
novizinnen bevorzugt!

Das war mir dann doch ein gehöriges Stück zu heftig, was der Gute da von sich gab. Wobei ich zugeben musste, dass mich gerade Bondage – Fesselspiele – schon immer gereizt hatten und auch das »mystisch … romantisch« sehr ansprach, weil es mich an das Erlebnis mit *Fallen_Angel* erinnerte, und »hart«, »wild«, »gierig« und »unersättlich« schon so manche Saite in mir zum Klingen brachten. Und Rollenspiele reizten mich schon lange.

Nur zu gut erinnerte ich mich noch daran, wie ich für *backdoor_BANGER* die Anhaltermaus gespielt hatte und für *Fallen_Angel* das unschuldige Bauernmädchen. Im Grunde genommen waren auch die Begegnungen mit *der_Kavalier* und *Trixster* Rollenspiele gewesen. Für den einen war ich in die Rolle der feinen Dame geschlüpft, als ich ihn zur Oper begleitet hatte, und für den anderen, den lüsternen Faun, war ich die Elfe gewesen, die er im Wald vernascht hatte.

Ich schrieb ihn direkt an.

sweet_princess: … rollenspiele? *grins*

Souleater ließ nicht lange auf eine Antwort warten.

Souleater: … die Aerobic-Maus, die im Studio vor den Spiegel gekettet und vom Trainer vernascht wird … die Schülerin, die für bessere Noten alles zu tun bereit ist … die Patientin, die dem Onkel Doktor mehr zeigt, als nur ihre Mandeln … usw. ;-)

sweet_princess: … klingt gut … ☺ … ich denk drüber nach!

Souleater: … aber lass dir nicht zu lange zeit!

Dann schaute ich mir das Profil von Silverwolf an.

Name: Silverwolf
Alter: 37
Ort: Manchester
Ich suche: Sex

Vorlieben:
1. mut
2. neugier
3. wildheit
4. süße und wärme
5. freude und lust

Abneigungen:
1. viel lärm um nichts
2. lügen
3. feigheit
4. lügen
5. feigheit

zu mir:
Ich bin frei – und werde es bleiben!!!
Frei und dennoch voller Sehnsucht ... nach der Seele, die mich labt und dem Leib, der meinen Hunger stillt!
Sei mein Gast!
Man hat mich Wolf genannt ... und Tiger, Bärchen und Drachenherz.
Ich sei ein Spinner, meinen die einen, die anderen halten mich für einen Visionär, wieder andere behaupten, ich sei ein hoffnungsloser Träumer. Viele sehen in mir die Kraftmaschine, die sich die Welt unterwirft, andere wissen, dass es da noch einen kleinen schwachen Jungen gibt, der manchmal, aber sehr selten,

Bedenken hat, die falsche Entscheidung zu treffen.
Auch mit charismatischer Egoman, Profilneurotiker, Supermacho, Frauenversteher, Weichei, Dominator, Meister hat man mich schon betitelt.
»Niemand versteht mich so wie du!«, sagen die einen. Andere meinen: »Du gehst über Leichen!«

Frauen schwanken zwischen »Das größte Arschloch« und »Die große Liebe meines Lebens!«

*Zugegebenermaßen geh ich der einen oder anderen auch total am süßen Arsch vorbei. *grins**
Unberechenbar, abenteuerlustig, wahrnehmend, nicht zu zähmen, selten zutraulich, wildzart, dominant, verschmust, sexbesessen, romantisch, ein Mann mit großen Sehnsüchten und großer Kraft.
Kompromisslos, weichherzig!
Bist Du Frau genug, um gern williges Spielzeug meiner zügellosen Lust und meiner hungrigen Gier zu sein?
Bist Du stolz und selbstbewusst genug, mir hingebungsvolle Dienerin, Muse UND Hure zu sein?
Bereit, meinen Hunger zu stillen und ihn immer und immer wieder zu entfachen?
Dann sei meine sündige, immer geile Gespielin!

WOW!
Das war mit Sicherheit das geilste, umfassendste Profil, das ich hier im Chat je gelesen hatte! Und es entsprach in dem, was er über sich schrieb und dem, was er suchte, ganz genau meinen Vorstellungen:
... williges Spielzeug zügelloser Lust ...

... hingebungsvolle Dienerin, Muse und Hure ...

... sündige, immer geile Gespielin ...

Sein Schwarzweiß-Foto war eigentlich eher weniger nach meinem Geschmack. Auch er hatte, wie *Souleater,* eine Glatze und ebenfalls einen Kinnbart, aber einen hellen, so wie seine Augen hell waren; vermutlich blau oder grün. *Silverwolf* war siebenunddreißig Jahre alt, und wo *Souleater* sportlich muskulös gebaut war, war *Silverwolf* eher grobschlächtig, massiv. Aber genau dadurch strahlte er eine ganz andere Kraft aus, als *Souleater*; keine antrainierte, sondern eine natürliche, animalische. Auch sein Gesicht strahlte diese Kraft aus. Kraft und Entschlossenheit. Die beste Beschreibung für den eindringlichen Blick seiner hellen Augen war »brennendes Eis«. Sie schienen eiskalt, abschätzend nüchtern, und doch brannte in ihrem Inneren ganz eindeutig der Hunger, die Lust auf Lust, wie von einem unglaublichen Feuer genährt.

Es waren diese Augen, mehr noch als die rein körperliche Kraft, die *Silverwolf* ausstrahlte, die mich in seinen Bann zogen.

Die meisten Frauen halten sich clevererweise von solchen Typen fern, obwohl sich fast jede von genau diesen Männern angezogen fühlt. Sie halten sich fern, weil sie wissen, dass in der Nähe eines solchen Mannes kein Raum ist für etwas anderes, als ihn selbst, ihn und seine Lust, seinen Hunger. Unter diesem Blick und in den starken Händen und Armen dieses Mannes konnte eine Frau nur Spielzeug sein, nichts anderes tun, als sich hinzugeben und benutzt werden.

Benutzt werden – genau das wollte ich.

Ich beantwortete seine Nachricht.

sweet_princess: ... *lächel* ... wenn DU ebenfalls meinst, was du schreibst, bin ich gern dein gast ...

Silverwolf: ... dessen kannst du dir sicher sein! ... schick mir ein foto von deinem gesicht!

Er gab mir seine E-Mail-Adresse, und ich schickte ihm eins.

Silverwolf: ... du gefällst mir! ... sehr sogar! ... wann willst du hier sein?

sweet_princess: ... hier? ... bei dir zu Hause?

Silverwolf: ... in der höhle des löwen ... *grinz*

sweet_princess: ... neutraler boden!

Silverwolf: ... neutraler boden? ... ist keine option – bei mir oder gar nicht.

sweet_princess: ... weshalb?

Silverwolf: ... mehrere gründe: zum einen gefällt es mir hier ... zum anderen arbeite ich zu Hause und werde unsere treffen dazu benutzen, eine pause zu machen und abzuschalten, zumal ich direkt nach der arbeit immer am hungrigsten bin – hab keine lust dazu erst irgendwo hingehen zu müssen – und dann vielleicht noch zu überlegen, wo ich dich da am besten ficken kann, ohne dass wir gestört werden.

sweet_princess: ... was arbeitest du?

Silverwolf: ... ich schreibe.

sweet_princess: ... du schreibst? ... was denn?

Silverwolf: ... romane und drehbücher.

sweet_princess: ... klingt interessant.

Silverwolf: ... ist es auch! *lächel* ... und es macht lust – direkte lust – gierige lust! ... deswegen werden wir uns auch, wenn du dich entschließt, hierherzukommen, nicht erst mit essen oder trinken zum kennenlernen aufhalten. ich werde dich benutzen und an dir meinen hunger stillen, sobald du durch meine tür getreten bist.

PENG! *lächel* – In meiner Muschi zuckte es.

sweet_princess: ... zumal man sich beim ficken ja auch viel besser kennenlernt, als beim essen oder trinken ... *lach*

Silverwolf: ... eben! ;-) ... und vielleicht will ich außer deinen trieben und deiner lust, deinem körper und dem sex mit dir, auch gar nichts anderes von dir kennenlernen.

sweet_princess: ... geht mir ganz genau so ... ☺

Es war die Wahrheit! Schließlich war ich diejenige, die geschrieben hatte, dass ich nur jemandem zum Ficken suchte, dass ich dabei nichts denken und entscheiden wollte und dass es unverbindlich sein sollte.

Silverwolf: ... gut! ☺ ... dann schick ich dir jetzt meinen namen, meine adresse und meine telefonnummer ... für deinen ›ID-Check‹ ... ruf mich gleich an, damit wir unser erstes date verabreden können.

Dieser Mann wusste definitiv, was er wollte und wie er es bekam. Und ich, ich fühlte mich wohl dabei. Ein bisschen willenlos, ein bisschen gegängelt, nur noch Ja sagen zu müssen, genau so, wie ich es haben wollte!

Kurz darauf kam seine Mail ...

... und ich rief ihn an, diesen großen, starken silbernen Wolf.

16. SilverWolf

Ich stand im Licht des vollen Mondes vor seiner Tür und klopfte.

Das Haus war ein kleines zweistöckiges Holzhaus mit Balkon und Veranda, zu der eine Treppe hinaufführte. Es sah ein bisschen aus wie die »Villa Kunterbunt« aus Pippi Langstrumpf – der gleiche skandinavische Baustil. Aber dieses Haus war nicht weiß und freundlich gestrichen, sondern dunkelbraun und wirkte dadurch so viel düsterer, mystischer als Pippis Haus. Es lag einsam und still am Ortsrand, dahinter sternenbeschienene Wiesen, Felder und auf einer hügeligen Anhöhe ein kleiner Wald.

Meine Finger zitterten. Nur zu gut erinnerte ich mich an das Telefonat mit ihm, das wir nach unserer Begegnung im Internet geführt hatten, an seine tiefe, klare und fordernde Stimme ...

»Ich will, dass du weißt, dass du einzig und allein zu mir kommen wirst, um dich von mir benutzen zu lassen – wie auch immer ich das will«, hatte er gleich zu Beginn dieses Telefonates gesagt, um erst gar keine Zweifel aufkommen zu lassen, worum es ihm ging. Als ob der Text, den er in sein Profil gesetzt hatte, für Zweifel solcher Art überhaupt noch Raum ließ. »Alles, was ich dir verspreche, ist, dass ich dich nicht verletzen werde, weder deinen Körper, noch deine Würde.

Ansonsten wirst du alles geschehen lassen, was geschieht, alles tun, was ich sage.«

»Einverstanden«, hatte ich mit schon da leicht krächzender, erregter Stimme geantwortet. Was er sagte, machte mir ein wenig Angst, aber es machte mich auch unglaublich heiß.

»Und noch etwas«, hatte er hinzugefügt.

»Ja?«

»Ich bin nicht auf der Suche nach einem hirnlosen und uninspirierten Stück Fleisch, das sich einfach nur hinlegt und sich ficken lässt. Ich erwarte von dir, dass du kreativ bist, wenn es darum geht, meinen Hunger zu entfachen und ihn zu stillen.«

»Du erwartest?«, hatte ich lachend gekontert, weil mir das dann doch ein Stück zu überheblich rüberkam, was er sagte. »Was bezahlst du denn dafür?«

»Den besten Sex deines Lebens«, hatte er leise geantwortet, ganz und gar nicht überheblich, vielmehr eine Feststellung – uneitel, faktisch.

Deshalb zitterten jetzt meine Finger, und meine Muschi war nass vor freudiger Aufregung ... einer Aufregung, die mich schon die ganze Fahrt hierher begleitet hatte ... die mich abwechselnd lächeln ließ und zweifeln, ob ich wirklich das Richtige tat.

Die Erfahrung mit *xXx-Dreams* steckte mir immer noch in den Knochen, aber das Wissen darum, dass der Umschlag mit seinem Namen, seiner Adresse und seiner Festnetznummer verschlossen bei meiner Schwester lag, ließ es zu, dass ich mich mehr auf meine Lust und meine Neugier konzentrieren konnte, als auf meine Angst.

Ich trug ein hautenges, rotes Stretchkleid, darunter Strapse und schwarze Schuhe mit hohen Absätzen. Sündig, aber nicht nuttig. Das Haar trug ich offen. Geschminkt hatte ich mich dezent, aber wirkungsvoll: Eyeliner und blassroter Lippenstift.

Mein Herz flatterte.

Doch die letzten Zweifel verschwanden, als die Tür sich öffnete und er vor mir stand ... *Silverwolf*.

Ein Name, der passte ... besonders in dieser Vollmondnacht.

Fast eins neunzig groß stand er vor mir.

Er lächelte nicht.

Ich fühlte die Kraft und den Hunger, die beide so klar von diesem fremden Mann ausgingen ... von seiner trotz leichtem Übergewicht athletischen Haltung, seinem tiefen, eindringlichen Blick, mit dem er mehr musterte, als nur meinen Körper ... und ich badete genussvoll erregt in dem Bewusstsein, einzig und allein hierhergekommen zu sein, um Spielzeug seiner zügellosen Lust und seiner hungrigen Gier zu werden ... seine hingebungsvolle Dienerin und Hure zu sein ... seine sündige, immer geile Gespielin.

Er erkannte ganz klar die Nervosität in meinem Blick und jetzt endlich lächelte er, weil er wusste, dass diese Nervosität nur flüchtige Vorbotin war ... Vorbotin meiner tiefen Erregung, die kleine, ängstliche Schwester meiner animalischen Geilheit, meiner ehrlichen Lust, für heute Nacht seine willige Beute zu sein.

Ohne mich zu berühren, öffnete er die Tür ein Stück weiter.

»Tritt ein und sei mein Gast, *sweet_princess* ... sei es freiwillig und ungezwungen!« Seine tiefe Stimme drang in mich ein, wie ein harter, warmer Schwanz.

Der Einladung zu folgen, war meine letzte freie Entscheidung ... die Einladung selbst, die letzten gesprochenen Worte.

Heute war nicht die Nacht zum Reden, auch nicht die Nacht für freundlich zärtliche Umarmungen oder einen süßen, sachten Kuss zur Begrüßung. Ich wusste das, als ich sein

Gesicht nun deutlicher sah und die brennend gelassene Gier in seinem Blick.

Noch immer nervös am Leib und auch im Inneren bebend, betrat ich sein Haus. Er stand nur da, schaute mich an und wartete. Es war, als könnte ich mich selbst mit seinen Augen sehen: mittelgroß, schlank, langes, seidiges Haar, das mir weit über die Schultern hinab in den schmalen Rücken fiel, nette Figur, runde Brüste und ein kleiner fester Arsch. Sein Mustern war wohlgefällig, und er nickte. Und wartete.

Ich betrat die Höhle des Löwen.

Das Licht, das in der kleinen Eingangshalle brannte, war schwach und dämmrig. Von irgendwoher erklang leise Musik. Klassik. Unaufdringlich – eher verzaubernd. Die rechte Tür zu seinem Wohnzimmer hin stand offen, und dort drinnen leuchteten Kerzen. Doch noch standen wir im Eingang. Er schloss die Tür hinter mir und schien auf irgendetwas zu warten. Geduldig zu warten.

Ich erwarte von dir, dass du kreativ bist, wenn es darum geht, meinen Hunger zu entfachen und ihn zu stillen, kam mir wieder in den Sinn ... und mit einem Mal merkte ich, dass es schon Mut genug erforderte, ihm gegenüberzustehen, noch mehr Mut aber kostete es, meiner eigenen Lust mit all ihren gierigen Abgründen ins Antlitz zu schauen.

Denn ich erkannte von ganz allein, was ich zu tun hatte ... mich anzubieten, war ich hier – Sklavin seiner Lust. Er lächelte wieder, als er merkte, dass ich langsam verstand, worum es ging und mit plötzlich ernst erregtem und gesenktem Blick begann, mich vor ihm, für ihn, auszuziehen.

Er konnte sehen, wie die Spitzen meiner schlanken Finger leicht zitterten, während ich den weichen Stoff meines Kleides von meinen Schultern, meiner warmen, samtigen Haut streifte

... mit unsicherem Griff nach hinten den BH öffnete und aus dem String schlüpfte, bis ich schließlich nackt vor ihm stand und er den zarten Duft der Frau mit leise zitterten Nasenflügeln witterte ... den Duft, der die Bestie tief in ihm – ich konnte es ganz deutlich fühlen, ja fast hören – laut vor Freude über die erfolgreiche Jagd aufbrüllen ließ.

So nackt, so wehrlos vor ihm stehend, schrie alles in mir danach, jetzt berührt und in seine Arme gezogen zu werden ... mich an ihn zu schmiegen und von ihm beschützt zu werden ... erst beschützt und dann genommen. Doch auch wenn er diese stummen Schreie hörte und ich mir dessen völlig bewusst war, wusste ich doch, dass dies heute Nacht nicht geschehen würde. Dass seine Dominanz sich nicht damit begnügte, sich meiner einfach nur zu bedienen, sondern mich wortlos dazu brachte, mich ihm bewusst, eigenständig und von ganzem Herzen lüstern zu schenken.

Ich hob schüchtern den Blick ... meine eigenen Nasenflügel bebten nun vor Scham und Erregung ... meine Wangen glühten ... meine Augen waren überzogen mit diesem ganz besonderen Glanz, wie ihn nur die pure Lust zu zeichnen vermag.

Langsam, ganz langsam, sank ich auf die Knie herab ... mein Gesicht hob sich zu seinem ... schaute von unten zu ihm herauf ... mein vor Erregung leise zitternder Mund öffnete sich wie von selbst.

Es wäre so leicht für ihn gewesen, mich einfach nur zu nehmen und mich zu benutzen ... er hatte zweifelsohne die Kraft dazu. Es wäre zugleich so schön für mich gewesen, mich jetzt fallen lassen zu können und nichts mehr aktiv tun zu müssen, nur von ihm gepackt und in die Knie gezwungen zu werden.

Es aber freiwillig zu tun, war so viel schwerer. Aber ich wusste, dass er von seiner kleinen, süßen, willigen und sündigen

Dienerin, die ich in dem Moment wurde, als er die Tür für mich geöffnet hatte, ein Geschenk erwartete.

Und genau die war ich seit dem Moment, in dem er die Tür für mich geöffnet hatte.

Er musste mich nicht erst anfassen, damit ich seinem Willen Untertanin wurde. Sein Blick war seine Fessel ... sein stummer Befehl das lederne Geschirr, das mich lenkte und führte.

Meine Brüste, straff und straffer werdend vor Erregung, hoben und senkten sich im schneller werdenden Rhythmus meines Atems, und meine Finger zitterten noch immer, als ich damit begann, seine Hose zu öffnen.

Nun konnte ich, so wie er den Duft der Frau witterte, das Aroma des Mannes vor mir atmen ... und für einen Moment erfasste und umspülte mich ein Rausch, der mich genießerisch die Augen schließen und Wasser in meinen trocken gewordenen Mund schießen ließ. Ein Rausch, der über meine Wangen jagte ... und meinen Nacken ... der meinen Rücken herabfloss und meinen Bauch im Inneren zucken ließ ... der sich zwischen meinen Schenkeln sammelte, wo es zu glühen und zu brennen begann ... der zurück nach oben in meine Brustspitzen schoss ... von innen mitten hinein in meine harten Nippel ... die sich jetzt viel zu klein anfühlten für so viel geile Lust.

Meine Finger in seiner Hose ... sein warmes Fleisch in meiner Hand ... mein Blick senkte sich und erkannte mein Schicksal ... ...begrüßte es leise freudig ... mit dem Lächeln meiner ausgetrockneten Lippen, die sich jetzt nur zu gern öffneten ... weit öffneten. Meine Zungenspitze tupfte nach vorn ... fragte schüchtern um Erlaubnis, spielen zu dürfen. Das pochende Fleisch, sein Schwanz, erteilte diese Erlaubnis aufnickend ... und mit immer schneller schlagendem Herzen begann ich, Spucke zu sammeln und sie zusammen mit meiner Erregung über die straff gespannte Haut zu verteilen.

Meine erste feuchte Opfergabe.

Immer weiter öffneten sich meine Lippen, um seinen Schwanz zu empfangen ... zu umschließen ... zu schmeckten ... versonnen zu lutschten ... hungrig zu saugten.

Was einmal da war an Kontrolle und Verstand, hatte sich längst fortgestohlen. Für wenige Augenblicke wurde aus mir, der willigen Beute, die gierige Jägerin ... die Beute nun zwischen ihren Zähnen, tief in meinem schlingenden Mund. Mein Atem begann zu rasen ... leise Zuckungen im eigenen süßen Fleisch zwischen meinen Schenkeln ... Hitze in meinen Wangen und der Stirn ... angespannter Nacken ... weit aufgesperrter Kiefer ... heraus gestreckte, gierig leckende Zunge ... tiefer ... süßes Röcheln ... meine scharfen Fingernägel in seinem Bauch, seinem Schenkel ... seine Hand packte plötzlich fest zu ... in mein Haar ... begann jetzt, den Takt zu diktieren ... sein Schwanz fickte meinen Mund und meine Kehle.

Immer mehr drang von meinem eigenen Duft durch den Raum ... ich konnte mich selbst, vorbei am köstlichen Aroma seines Schwanzes, deutlich riechen – meine Nässe, meine Geilheit. Mein Duft fütterte die Bestie, die breitbeinig vor mir stand und in meinen Kopf, meinen Schlund hineinfickte. Sie brüllte wild und röhrend vor Erregung auf. Meine eigene Spucke floss mir die Mundwinkel herab ... zwischen meinen Schenkeln wurde es immer nasser ... ich lutschte ihn und machte mich selbst immer mehr bereit ... erstickte fast an seinem Fleisch und meiner eigenen rauschenden Gier ... wusste nicht genau, ob ich den Moment, auf den ich so sehnsüchtig gewartet hatte, begrüßen sollte oder lieber ewig hier knien und ihn mit meinen inzwischen feuchten Lippen hart und härter ficken sollte.

Doch nicht *ich* entschied.

Seine Hand in meinem Haar hob meinen Kopf und zog mich nach oben. Mit hochrotem Gesicht erblickte ich die Wildheit seiner Lust ... einer Lust, die ich selbst geschürt hatte. Durch mich und meine Hingabe, durch den willigen Dienst meiner Lippen und meiner Zunge war es Lust auf mich, nicht irgendeine Lust auf irgendeine Frau. Ich war es, die dieser fremde Mann heute Nacht nehmen würde.

Silverwolf führte mich mit festem Griff hinein in sein geräumiges Wohnzimmer. In der rechten Ecke stand unter zwei großen Panoramafenstern ein runder Tisch aus hellem, grob geschliffenem Holz. Links und rechts davon auf den Fensterbänken brannten hohe, schlanke Kerzen und tauchten den Raum in ein unwirkliches Licht. Der Tisch erinnerte mich an einen Altar. An einen Altar, auf dem ich mich bereitwillig opfern lassen würde.

Er drehte mich herum und beugte mich darüber ... meine Bereitschaft musste er nicht mehr prüfen. Seine starke Hand in meinem schmalen Nacken zwang mein Gesicht auf das kühle Holz, auf das nun auch meine brennenden Brüste gedrückt wurden ... seine tierische Kraft hinter mir ... hartes Fleisch spießte sich drängend und stopfend in weiches, nasses, enges hinein ... ich schrie auf ... der Wolf bestieg mich ... trieb seinen Schwanz mit festen harten Stößen in mich hinein, nicht meine, sondern einzig seine eigene Lust vor Augen ... nur seinen Willen im Sinn, sich später tief und kräftig in mir leerzuspritzen.

Eindringliche, kraftvolle Stöße ... starke Finger in meinem Nacken ... an meinem Arsch ... hielten mich gepackt ... fickten mich ...

... in mir explodierte etwas ...

... noch einmal schrie ich auf ...

... meine Fingernägel krallten sich in das Holz, auf das meine Wange und meine Nippel gepresst waren, während er mich nahm ...

... und nahm ... und nahm.

Ich kam ... und wie ich kam ...

... heftig und gern ...

Doch es spielte keine Rolle für ihn, dass ich gekommen war, dass ich jetzt gern einen kleinen Moment des Verschnaufens, des Genießens erlebt hätte ... denn er fickte mich einfach weiter ... mit der gleichen Härte, der gleichen Gier, demselben Hunger ... fickte mich immer, immer und immer weiter ...

Und dann, während sein fester Schwanz in mir weiter hin- und herspießte und in mich fickte, geschah etwas, was ich in meinem ganzen Leben noch nicht erlebt hatte: statt abzuklingen und mich zwischen meinen Beinen überempfindlich reagieren zu lassen, sammelte sich mein erster Orgasmus tief in mir drin ... wie ein Schaumgummiball, den man fest zusammenpresst ... und kam zurück! Wie wenn man eben diesen Schaumgummiball plötzlich losgelassen hätte, ganz schnell ... urplötzlich ... völlig unerwartet. Mich von neuem total von oben bis unten ausfüllend, mich um den Verstand und laut zum Schreien bringend.

»So ist es gut!«, knurrte er hinter mir stehend und weiter in mich fickend. »Gleich noch einmal!«

Und tatsächlich ...

... seine Fickstöße, seine festen Griffe, seine wilde, kraftvolle Nähe und Ausstrahlung peitschten mich direkt und ohne dass ich mich in irgendeiner Weise dagegen hätte wehren können zu einem dritten Climax ... noch heftiger und gewaltiger als die ersten beiden.

Nichts an oder in mir war noch länger denkender Mensch, klares Bewusstsein. Der Wolf hinter mir fickte mich zum Tier, löschte alles aus, was jemals an Moral, Verklemmtheit und Hemmungen dagewesen sein mochte.

Ich griff nach hinten, zog meine Pobacken auseinander.

»Fick mich in den Arsch!«, flehte ich gierig.

Sein Schwanz rutschte aus meiner triefenden Muschi und sprang förmlich hinein in mein kleines, enges Loch. Direkt bis zum Anschlag.

Es tat höllisch weh!

Und es war höllisch geil!!!

Ich bäumte mich auf, geschüttelt von lustvollem Schmerz, das Blut donnerte heiß wie flüssiger Stahl unter dem Schmiedehammer durch meine Adern. Meine Nippel kratzten über das leicht raue Holz, schienen zu bersten, so klein und hart waren sie geschrumpft. Er griff um mich herum und packte sie, hob mich mit seinen Fickstößen in die Luft. Ich warf meinen Kopf nach hinten über seine rechte Schulter, wickelte meine Waden um seine Oberschenkel ... war jetzt nur noch gehalten von seinem Schwanz und seinen unglaublich kräftigen Armen ...

... und kam direkt wieder!

Schmerz- und lustverzerrt war mein Gesicht, der trockene Mund weit aufgerissen, meine Haut schweißüberströmt.

»GIB – MIR – DEINEN – SAFT!!!«, keuchte ich im Takt seiner Stöße. »GIB – IHN – MIR!«

Ich hatte gemeint, dass er endlich in mich hineinspritzen sollte, weil ich sicher war, dass ich noch mehr nicht ertragen konnte. Aber er verstand es anders.

Mit der Leichtigkeit, mit der man ein Kätzchen vom Schoß hebt, hob er mich von seinem Schwanz herunter und legte mich auf den Tisch, mit dem Rücken nach unten ... das nach oben gerichtete Gesicht zwischen seine gespreizten Beine. Wie von selbst sprangen meine Lippen gierig auf, als er seinen Schwanz zwischen sie drückte. Gleichzeitig fasste er mir mit der rechten Hand hart zwischen die Schenkel. Meine Muschi und meine Klit waren inzwischen viel zu empfindlich für eine solche Berührung, und instinktiv wollte ich mit meinen Händen seine Hand wegziehen.

Doch er knurrte nur »Halt still!«, und begann, mich hart zu fingern, während er mir in die Kehle hineinfickte. Es machte keinen Sinn, mich wehren zu wollen, sein Arm war zu stark für mich. Noch stärker aber war der Bann, den er mit seiner Stimme, mit diesem Befehl, stillzuhalten, über mich gelegt hatte.

Ich war sein!

Und plötzlich war die Berührung an meiner Muschi nicht mehr unangenehm, sie war heiß, sie war willkommen, sie war geil ... sie machte mich geil, geiler als ich jemals zuvor in meinem Leben gewesen war. Ich schluckte lutschend und saugend an seinem Schwanz, ganz deutlich fühlend, dass ich gleich noch etwas erleben würde, was ich bisher noch nie erlebt hatte.

Bisher hatte ich noch nie zugelassen, dass ein Mann sein Sperma in meinen Mund spritzte. Bisher war mir allein schon der Gedanke daran zuwider gewesen und mir ekelhaft erschienen. Jetzt aber, von diesem Wolf schier um den Verstand gefickt, war ich regelrecht begierig darauf.

»Gib – mir – deinen – Saft!«, stieß ich um seinen Schwanz herum hervor ...

»Erst wenn du kommst!«, knurrte er entschlossen.

... und nur wenige feste und tiefe Stöße später, während seine harten Finger auf meiner Klit mich das fünfte Mal zum

Überschnappen brachten, mein Leib sich aufbäumte unter der Heftigkeit der geilen Zuckungen, die er und der herandonnernde Orgasmus mir schenkten, spritzte er seine ganze Ladung weit in meinen ausgetrockneten Rachen hinein ...

... und ich schluckte ... schluckte ... schluckte ...

... und KAM!!!!

***

Kurz darauf tranken wir Vodka Bull. Wir standen in seinem Wohnzimmer, ohne ein Wort zu sprechen, meine Beine zitterten noch mehr, als meine Hände, aber sein klarer lüsterner Blick und sein Grinsen machten deutlich, dass das erst der Anfang gewesen war. Er nickt mir zu, ihm zu folgen, und wir gingen nach oben in sein Schlafzimmer.

In einer Ecke standen ein kleiner, alter Tisch und ein mit leder bezogener Armlehnstuhl. Schräg gegenüber an der Türwand ein riesiges Holzpfostenbett. Das Licht des Vollmondes fiel durch das gegenüberliegende Fenster auf das weiße Leinen.

Er nahm mir das Glas aus der Hand und legte seine Hand an meine erhitzte Wange. Sie fühlte sich warm an ... so wie ich mich ganz plötzlich nicht nur erregt fühlte, sondern auch unglaublich geborgen, willkommen geheißen ... sicher.

Ohne diese wundervoll warme, kräftige Hand von meiner Wange zu nehmen, trat er an mich heran und lächelte ... zärtlich.

»Du gefällst mir!«, sagte er leise, legte seine festen Lippen auf meinen vom Vodka noch feuchten Mund und schob gleichzeitig seine andere Hand schon wieder zwischen meine Schenkel, die sich ihm willig teilten.

Meine Hand sank ebenfalls herab, berührte seinen Schwanz, streichelte ihn mit der Zärtlichkeit seines Kusses ... und ich drängte anschmiegsam meine Brüste gegen seinen Bauch, als ich fühlte, wie er zwischen meinen Fingern wieder zu wachsen begann.

Dann führte er mich auf das hohe Bett, betrachtete mich eine kleine Ewigkeit lang, während ich mich darauflegte und die Beine für ihn spreizte, meine Brüste in die Hände nahm und sie ihm präsentierte, um ihn zu locken.

Und wieder bestieg er mich, dieser kraftvolle Wolf. Er legte sich zwischen meine Schenkel, schob seinen Schwanz ganz, ganz, ganz langsam in mich, die ich längst wieder bereit war, nahm meinen Nacken in seine riesige Hand, schaute mir klar in die Augen ...

... und liebte mich!

Ich weiß, dass klingt jetzt seltsam. Aber genau so war es. Bisher hatte ich nur gepoppt, gevögelt oder wurde gefickt. Doch jetzt und hier fühlte es sich zum ersten Mal an wie Liebe machen! Weil das, was ich dabei empfand, während er seinen warmen Schwanz in mir hin- und herschob, mich festhielt, mich küsste und mir dabei tief in die Augen schaute, mich nicht nur geil machte und unglaublich erregte, sondern auf eine ganz besondere Art und Weise mich absolut glücklich machte!

Und zum ersten Mal in meinem Leben lächelte ich beim Sex. Mein Herz raste, aber es war nicht das geile Rasen wie sonst, es fühlte sich eher an, wie ein über der Wiese tanzender Schmetterling. Ich nahm das Gesicht dieses wundervollen Mannes in meine Hände und küsste ihm mein sich so herrlich anfühlendes Lächeln auf die Lippen.

Und so lächelten wir beide, während wir zärtlich, aber intensiv, Liebe miteinander machten ... ich drückte ihm mein Becken kreisend entgegen und streichelte mit meinen Händen sein Gesicht und seinen Rücken, während er sich in mich schob, meine Wangen und meine Stirn, meine Schultern und meine Brüste küsste. Schweißtropfen fielen von seiner Brust auf meinen Bauch. Zärtlich strich er mir das Haar aus der Stirn. Im Strahlen seiner klaren, hellen Augen, das über meine Haut und tief in meine Seele hineinrieselte, badete ich wie in einem Sonnenuntergang.

Er liebte mich von einem süßen, mich zunächst sanft von innen packenden und dann bis in die letzte Faser meines Leibes erfassenden Orgasmus zum nächsten ... hörte einfach nicht auf ... lag stark und schwer zwischen meinen ihm weit geöffneten Schenkeln ... es war wunderbar!

***

Ewigkeiten später lag ich an seine breite Brust gekuschelt, und er hatte schon wieder seine große, warme Hand an meine Wange gelegt.

Ich war total befriedigt, wie noch nie zuvor, und glücklich, ebenfalls wie nie zuvor. Und das irritierte mich. Ich fühlte mich unglaublich geborgen bei ihm ... viel zu geborgen und auch viel zu glücklich!

Was geschah mit mir? Ich war doch nur zum Ficken und zum Geficktwerden hierhergekommen ... und jetzt war ich auf einmal glücklich. Das war falsch, das durfte nicht sein! Allein schon nicht wegen Flo. Ich liebte doch ihn. Ich durfte doch nur mit ihm glücklich sein!

So widersinnig es klingen mag, aber auf einmal hatte ich nicht nur ein furchtbar schlechtes Gewissen, sondern fühlte mich auch noch ausgesprochen mies.

Ich hatte gerade den Fick meines Lebens genossen ... und fühlte mich mies! Und gleichzeitig war ich so furchtbar glücklich, dass ich das Gefühl hatte, es würde mir das Herz von innen heraus sprengen.

Silverwolf lächelte mich an und streichelte mit seinen Fingern meine Wange, meine Lippen. Und beinahe, wenn es mir nicht gerade noch rechtzeitig gelungen wäre, es zu unterdrücken, hätte ich gesagt: »Ich liebe dich!«.

»Ich muss jetzt gehen«, sagte ich stattdessen mit völlig brüchiger Stimme und völlig dem entgegengesetzt, was ich eigentlich fühlte, denn ich wollte nichts lieber auf der Welt, als einfach nur hierbleiben ... die Zeit anhalten und nie wieder etwas anderes erleben, als die zärtliche Schönheit der ruhigen Wildheit dieses mich so sehr berührenden Mannes.

Sein Lächeln starb. Er schaute mich einfach nur an.

»Wirklich«, bestätigte ich noch einmal. »Ich muss los.«

Wieder legte er seine Hand auf meine Wange. Aber sein Lächeln kehrte nicht zurück.

»Wenn du jetzt gehst, süße Prinzessin, wirst du nie wieder kommen dürfen.«

Ich schaute ihn entsetzt an.

»Das ist jetzt nicht dein Ernst«, flüsterte ich.

»Mein voller Ernst, Kleines!«, sagte er. »Ich erlebe gerade einen der schönsten Momente meines Lebens. Und du nimmst ihn mir einfach weg, wenn du jetzt gehst. Ich möchte, dass du bleibst.«

»Ich kann nicht!«, sagte ich mit belegter Stimme und entzog mich seiner Umarmung. »Ein andermal, vielleicht.«

»Es wird kein anderes Mal geben.« Er zog seinen Arm zurück, um mir das Aufstehen leichter zu machen. Ich setzte mich hin und wollte etwas sagen. Doch eine Geste seiner Hand schnitt mir das Wort ab. »Wenn du gehen musst, dann geh jetzt sofort. Und melde dich bitte nie wieder! Ich meine, ich will dann auch nichts mehr von dir hören oder lesen. Also keine Anrufe, keine SMS, keine E-Mails und kein Anschreiben mehr im Internet!«

»Aber«, wollte ich sagen.

»Kein Aber!«, unterbrach er mich wieder mit seiner ruhigen tiefen Stimme, die allerdings jetzt wie eine Ohrfeige klang. »Geh!«

***

Ich ging …

… und im Auto weinte ich …

… die ganze Fahrt über.

Und dabei hatte ich keine Ahnung, dass es noch schlimmer werden würde.

LESEPROBE:

TRINITY TAYLOR

»ICH WILL DICH GANZ«

LIEBESHUNGER

... »Bist du nun ein Mann oder nicht?«

»Was hat das damit zu tun? Ist es denn männlich, gleich nach den ersten beiden Stunden über die Frau herzufallen?«

»Wenn du ein gutes Gewissen hast?«

»Wie bitte?« Sein Gesichtsausdruck veränderte sich.

Grace fuhr sich nun selber mit den Händen über ihre Brüste und zwirbelte an den schon steif hervorstehenden Warzen durch die Bluse. Sein Blick ruhte auf ihren geschickten Händen. Als sie den Mund leicht öffnete, den Kopf in den Nacken legte und ein sanftes Stöhnen über ihre Lippen kam, flüsterte Tyler: »Grace, bitte.«

Sie streichelte ihre Brüste, suchte wieder die Brustwarzen und presste sie fest zusammen, während Grace sagte: »Was ist denn Tyler? Gefällt es dir nicht?«

Er schluckte. »Es ist nicht der richtige Ort. Wenn dich jemand sieht ...«

»Verstehe, du magst das lieber, wenn es im Verborgenen bleibt? Kein Problem.« Grace lehnte sich im Stuhl zurück, streifte sich den Schuh ab und fuhr mit ihrem Fuß zwischen seine Beine. Er sog scharf die Luft ein. Sie spürte, wie hart sein Schwanz gegen die Hose drängte. Sachte fuhr sie auf ihm hin und her, presste ihre Lippen aufeinander und befeuchtete sie mit der Zunge. Er schloss die Augen und atmete schwer.

Sie reagierte auf ihn. Eine Welle der Lust durchströmte ihren Körper und machte sie verlangend. Tyler so zu sehen, wie er sich gegen ihren Fuß, der ihn zwischen den Beinen so geil machte, nicht wehren konnte, machte sie unglaublich scharf. Mit Schrecken sah sie den Kellner ankommen. »Tyler!«, rief sie kurz und leise.

Sofort waren seine Augen auf und sein Pokerface da. Der Kellner fragte, ob er noch etwas bringen dürfte. Tyler verneinte und bat um die Rechnung. Währenddessen hörte Grace nicht auf, Tylers Schwanz zu massieren. Da sie in einer Ecke saßen, Tyler mit dem Rücken zum Coffee Shop, glitt Grace, kurz einen Blick auf die wenigen Gäste werfend, unter den Tisch.

»Grace, was hast du vor? Grace …«, zischte Tyler leise, doch weiter kam er nicht.

Sie hatte bereits seine Hose geöffnet, durch seine Boxershorts gegriffen und sich seinen steifen Schwanz genommen. Langsam bewegte sie ihn mit der Hand auf und ab und hörte, wie Tyler seufzte. Grace hätte nie für möglich gehalten, dass es ihr einerseits Spaß machen könnte und sie andererseits so scharf machen würde.

Mutig beugte sie sich vor, nahm die rote, steife Rute in den Mund und bewegte den Kopf vor und zurück. Sie vernahm ein unterdrücktes Aufstöhnen vom Tisch und machte weiter. Mit einer Hand hielt sie seinen harten Schwanz fest und schlang die Zunge darum. Dann wieder saugte sie an ihm und schob sich selber vor und zurück. Sie bemerkte, wie sich seine Hand in ihre Haare krallte und versuchte, sie wegzuschieben, doch Grace verfolgte ihr Ziel hartnäckig weiter. Schließlich spürte sie, wie er nachgab und sie wieder und wieder zu sich heranzog. An seinem Bauch erkannte sie, wie schwer Tyler atmete.

Plötzlich ließ seine Hand locker und sie verschwand aus ihren Haaren. Für den Bruchteil einer Sekunde fragte Grace sich, ob sie zu weit gegangen war, ob sie etwas falsch gemacht hatte, ob er sich nun der Tatsache bewusst geworden war, dass irgendeine wildfremde Frau in einem Coffee Shop zwischen seinen Beinen hockte und ihm einen blies.

Doch es war nur der Kellner, der ihn in die Realität zurückholte. Allerdings gab es für Grace keinen Grund, von seinem Schwanz abzulassen. Im Gegenteil! Sie gab sich nun richtig viel Mühe, ihn zu verwöhnen und geil zu machen.

Seine gepressten Worte drangen an ihr Ohr und sagten Grace, dass ihr Plan aufging und sie ihn voll im Griff hatte. Tyler konnte sich kaum beherrschen. Das stachelte Grace an. Leicht betupfte sie die kleine Stelle in der Mitte seines Schwanzes mit der Zunge und übte leichten Druck darauf aus, so dass er anfing zu keuchen.

Doch bevor sie ihn so kommen lassen konnte, trat er den Tisch nach hinten und riss sie an den Schultern zu sich nach oben. Keuchend starrte er sie an, während sich ihre Nasen fast berührten. Grace erkannte den lustvollen Glanz in seinen Augen, der sich nach mehr sehnte. In ihrem Körper breitete sich das unbändige Verlangen aus, ihn zu küssen, sich die Klamotten vom Leib zu reißen und heftig von ihm auf dem Tisch genommen zu werden. Hemmungslos und wild! Sie war so ausgehungert nach Sex und Liebe.

»Lass uns gehen«, sagte Tyler und schob sie zur Seite.

Schnell waren sie draußen und die frische, klare Luft schlug ihnen entgegen. Er packte sie am Oberarm. »Komm«, sagte er schlicht.

»Was hast du vor?«, wagte Grace zu fragen.

Doch er antwortete nicht, sondern zog sie einfach weiter bis zum nächsten Hotel. Schnell buchte er ein Zimmer und fuhr mit ihr nach oben.

Kaum hatte er die Zimmertür geschlossen, blickte er sie durchdringend an und ließ ihre Hand los. Etwas Bedrohliches strahlte von ihm aus. Unwillkürlich ging sie einen Schritt rückwärts. Er folgte ihr, so dass sie immer mehr vor ihm zurückwich. Was hatte er vor? Wollte er ihr vielleicht etwas antun, oder war es die reine Lust, die ihn durchflutete?

»Zieh die Bluse aus«, befahl er plötzlich.

Ihr Herz fing laut an zu pochen. Egal, was passieren würde, diese Situation machte sie ungemein an. Sie hätte nur zur Tür laufen und hinausrennen brauchen. Doch sie gehorchte und öffnete den ersten Knopf. Die Wand hinter ihr war erreicht und Grace prallte gegen sie, während ihre Finger zitternd versuchten, die Knöpfe zu finden. Tyler machte noch einen Schritt und stand direkt vor ihr. Sie roch sein Parfüm. Süß und herb – eine Mischung, die zu ihm passte. Nervös öffnete sie einen weiteren Knopf. Anscheinend dauerte es ihm zu lange, denn er packte die Enden der Bluse und riss sie mit einem Ruck auf. Daraufhin betrachtete er mit einer Mischung aus Erstaunen und gieriger Lust das, was er soeben freigelegt hatte. Grace trug keinen BH. Ohne Umschweife griff er an ihre Brüste.

Scharf zog sie die Luft ein. Die Brustwarzen verrieten Graces Verlangen. Sie waren steif und hart, drängten sich seinen Fingern entgegen, die sie voll im Griff hatten. Er zwirbelte an den Warzen, biss sanft hinein und saugte schließlich an ihnen. Grace seufzte.

Tyler erhob sich, ging einen halben Schritt zurück, betrachtete sie, blickte ihr dann in die Augen und sagte: »Zieh den Rock aus.«

Grace konnte ihn nicht richtig einschätzen, was sie verunsicherte und fragen ließ: »Und wenn ich das nicht tue?«

»Dann mache ich es!«

Grace rührte sich nicht.

Er kam auf sie zu und biss ihr in den Hals. Grace erschrak, aber sein Biss war sanft. »Los«, raunte er, »zieh schon dieses verdammte Ding aus, Baby.«

Die Situation hatte Grace bis in die Fingerspitzen sensibilisiert, so dass seine Berührung am Hals mit dem verbundenen Hauchen in ihr Ohr, einen Blitz durch ihren Körper jagte.

Mit einem Ruck zog Tyler den Rock aus. Graces Innerstes fing an zu flattern. Seine Nähe, ihre Nacktheit, die Situation. Sie keuchte und krallte sich in seinen Nacken. Er verstand und presste sich an sie.

»Oh Gott, Tyler …«

Dann küsste er sie. Seine Lippen waren gierig und verlangend. Er presste sich enger an sie und knetete ihre Brüste. Stürmisch erwiderte sie seine Küsse und stöhnte, wenn er von ihr abließ. Sie wollte mehr, war verrückt nach ihm!

Tyler schien es ähnlich zu gehen. Er bedeckte ihren Hals mit Küssen, während sein Körper sie zum Bett drängte. Schnell zog er seine Sachen aus, während sie sich ihres Slips entledigte. Nackt stand er vor ihr und betrachtete sie. Sein Glied ragte stolz, hart und rot hervor. Seine leicht behaarte Brust war stark und muskulös. Sie hob und senkte sich. Sein Blick war glasig.

Grace Körper verlangte so sehr nach ihm, dass es beinahe schmerzte. Noch nie hatte sie ein derartiges Gefühl verspürt.

»Komm zu mir«, flüsterte sie.

Augenblicklich war er bei ihr und legte sich mit seinem vollen Gewicht auf sie, nahm ihre Handgelenke und presste sie rechts und links von ihrem Kopf in die Kissen. Ihre Münder trafen sich. Seine Zunge schob sich in ihren Mund. Sie seufzte.

Geschickt schob er ein Bein zwischen ihre Schenkel und öffnete sie für sich.

»Oh, Tyler …«, seuftzte Grace.

»Ich werde jetzt das zu Ende führen, was du unerlaubterweise vorhin begonnen hast«, hauchte er in ihr Ohr.

Sie spürte sein steifes Glied an ihrem Geschlecht. Hart drückte er gegen sie, wollte rein.

»Was hast du?«, fragte er, als er ihr Zögern bemerkte.

»Ich weiß nicht, ob es richtig ist.«

»Auf einmal?!«

Grace suchte nach Worten.

»Baby, ich will dich«, hauchte er an ihren Hals. »Du machst mich unglaublich scharf. Ich begehre dich und ich werde dich jetzt richtig vögeln!«

Grace atmete schneller. Sie wollte Tyler auch und spreizte die Beine für ihn. Sofort drang er in sie ein und es durchzuckte ihren Unterleib. Ihre nasse Spalte massierte ihn. Schwer atmend richtete er sich auf und schob seinen harten Schwanz noch tiefer in sie.

Grace stöhnte. Sie konnte sich vorstellen, wie er ihre weiche, willige Möse genoss, denn sein Blick versenkte sich in ihren Augen und er keuchte. Permanent schob er seinen harten Prügel immer wieder in sie hinein und reizte ihre Empfindungen aufs Sensibelste. Mit halb geschlossenen Augen sah er sie an, atmete schwer und lächelte leicht, bis sie es ihm gleich tat. Dann beugte er sich zu ihren Brüsten und umkreiste die steifen Nippel mit der Zunge, biss hinein und saugte schließlich an ihnen. Diese zusätzliche Stimulierung ließ eine heiße Woge durch ihren Körper schießen. Grace musste ihn anfassen. Vorsichtig löste sie sich aus seinem festen Griff, denn er hielt ihre Handgelenke noch immer umfangen, und umfasste seine Schultern. Die warme, nackte Haut, unter denen die Muskeln saßen, die am Arbeiten waren, führten ebenfalls dazu, dass Graces Körper sich mit Sinneslust füllte und sie den Orgasmus kommen spürte. Er bemerkte es wohl an ihrem schnelleren Atmen und zog augenblicklich das Tempo an.

Sein Schwanz stieß gnadenlos in sie rein und rieb ihre geile Möse, bis der Orgasmus angeschossen kam und sie ihre Lust herausschrie. Tyler hielt ihr sofort den Mund zu, stieß aber weiter ihn sie. Er unterdrückte seinen Aufschrei, versuchte, seine Empfindungen zu mäßigen, indem er auf ihr nach vorne sackte und neben ihrem Ohr ins Kissen keuchte.

***

»Na, wie war's? Wie war *er*?«, fragte Melanie.

»Wir waren im Bett«, platzte Grace heraus.

Melanies Miene verfinsterte sich. »Oh mein Gott!« Langsam ließ sie sich nach hinten ins Sofa fallen. »Wie ist es passiert?«

Weitere erotische Geschichten:

Amy Morrison

vom Luder zum MistStück

Begleiten Sie Amy auf ihrem Weg
vom Luder zum MistStück!

Amys neue Liebe entfacht
ungeahnte Leidenschaften in ihr.

Aber Amys sexuelles Verlangen nach mehr
Abwechslung ist übermächtig!

Reicht Amy nun, was der Mann
ihrer Träume ihr bietet?

Kim Shatner

VögelBar

Stellen Sie sich vor, Sie gehen in eine Bar und
könnten frei wählen, mit wem Sie vögeln möchten ...

Die Vorstellung gefällt Ihnen?

Dann begleiten Sie Marc auf dem Weg zu seiner
eigenen »VögelBar«, und lesen Sie von den sexuellen
und frivolen Unwägbarkeiten eines solchen
Vorhabens!

Sara Bellford

LustSchmerz Erotischer SM-Roman

Sir Alan Baxter hat eine Passion:
Er sammelt Frauen!

Er will sie um ihretwillen besitzen

Sie wollen vom ihm gedemütigt und geliebt
werden

Gemeinsam zelebrieren sie die schönsten Höhe-
punkte aus Lust, Schmerz und Qual ...